余斌 著

老尹在巴黎

商务印书馆
The Commercial Press

图书在版编目(CIP)数据

老尹在巴黎 / 余斌著. — 北京：商务印书馆，2022
ISBN 978-7-100-21454-4

Ⅰ.①老… Ⅱ.①余… Ⅲ.①散文集—中国—当代 Ⅳ.①I267

中国版本图书馆CIP数据核字（2022）第126526号

权利保留，侵权必究。

老尹在巴黎
余 斌 著

商 务 印 书 馆 出 版
（北京王府井大街36号 邮政编码100710）
商 务 印 书 馆 发 行
上海雅昌艺术印刷有限公司印刷
ISBN 978-7-100-21454-4

2022年10月第1版	开本 787×1092 1/32
2022年10月第1次印刷	印张 6⅞

定价：58.00元

目　录

老阿姨 / 1

绿川良则 / 24

"小白鞋" / 48

"先辈" / 76

老尹在巴黎 / 84

叶老板 / 109

日记中的保罗 / 124

好人戴维 / 139

柏利文的婚事 / 161

故人 / 172

怀金磊 / 182

杨苡先生的客厅 / 194

话说叶兆言 / 207

老阿姨

现在写论文，都兴列出几个"关键词"，与摘要一起，放在篇首，看着醒豁。这似已成为固定格式的一部分，非有不可，许多平庸文章，也许根本无"关键"可言，关键词却堂而皇之地在那里，——至少这不难。倘把人生比文章，则不管波澜壮阔抑或平淡无奇，关键词，每人总能列出那么几个。对我们一家而言，至少有一段时间，"老阿姨"绝对称得上一个关键词。

"老阿姨"姓刘，闺名"玉珍"，六合人。大概年轻的时候就到南京城里来帮佣。更早的履历我不清楚，只知道她在美国大使馆干过，一九四九年，国民党被打跑了，中华人民共和国定都北京，没多久美国使馆就撤了，有段时间，她就在那儿看房子。再过些时候，房子被政府收作他用，老阿姨短暂失业之后又找到一家人家上岗。这以后换过几次人家，成为我们家一员的时候，她已是快六十岁的人了。南京人对家里的保姆，通常称"阿姨"，老阿姨年岁比我父母要长十几岁，喊阿姨有点不合适，故前面再冠以"老"字。据说前一家人家也就这么叫。

我记得家里只是在我一两岁时用过保姆，以后就一直是外婆看护我们。"文革"开始，不知怎么外婆的成分弄成地主了，而母亲一度似乎也被"五一六"审查的事弄得紧张，担心再因外婆惹出麻烦，便将她送回了老家。这才又有找保姆之议。老阿姨之前，曾经找过一个，干了很短的时间就辞退了，以致她长什么样，我一点印象都没有。只记得她烧的菜好吃，有一样猪肉片炖粉条，比母亲烧的肉好吃得多，我认为已快赶上食堂的水平了。这也是我对老阿姨难以接受的原因之一，她烧菜翻来覆去就那几样，咸得吓人，而且除了弄熟之外，再无其他追求。假如我有发言权，我一定不会选择她。

但是我没有，而父母的标准显然与我相去甚远，第一就是可靠。后来我才知道，原先那个保姆所以被辞退，乃因她趁大人上班时把相好引家里来了。父母谈论这事都背着小孩，有次他们可能正说着这事，见我进来马上就收口，转到别的话题。我是很久以后才从邻家一比我稍大的小孩口中知道了一个大概，他对我的无知大感惊讶，因为这事邻居间早就传遍了。据说东窗事发的那天我原是在家的，被她支到外面去玩，而邻居早就看出苗头不对，告诉了我父母。

照此说来，我应是当事人，但我没有半点印象。倒是有段时间，不知看了部什么小说，里面写到一个女佣的爱情，我忽然想到那个被辞退的保姆，怀疑是否会是一个相类的故事。如是这样，我父母在辞退一事中扮演的角色就有点不光彩。因她待的时间太短，我只有一个不具真实性的、影影绰绰的轮廓，我甚至回忆不起她是中年人还是年轻人。有这样对她有利的联想，没准是起于对老阿姨的反感也说不定。

我对老阿姨的反感非止一端。首先是她的样子。她绝对不到一米五吧，却胖得很，体重在一百五上下，是乡下老太的打扮，大襟子的蓝布褂，外系一条围裙，裤脚总是绑着的，越发弄得两头小中间大。说不出的土气。我因此怀疑她怎么会在洋人的使馆里干过，难道就这模样在使馆里进出？因她的年岁，跟她一起走在街上时常有人问我是不是她孙子，这让我觉得很没面子。

其次与她的胖有因果关系，是她睡觉时打极响亮的呼噜。夏天午睡的时间，她摊手摊脚地仰躺在床上，从脚这头看过去只见到小山一样的大肚皮极缓慢地起落，头在那一边消失了，于是在正午的寂静里就听见她的鼾声格外地嘹亮起来，与窗外聒噪的蝉声相应和。这时我照例是不睡觉,在看书的,虽是在另一房间,与她睡的房间却有一门相通,图风凉夏天又总是开着,那声音自然声声入耳,搅得人心烦意乱。我每每丢了书走到她床前恶狠狠挥拳作势,她兀自鼾声依旧;倒是我妹妹,总是被她强着午睡的,这时从小山后面抬起头来,又是蹙眉又是摊手,表示她被吵得睡不着。

我和妹妹对老阿姨敢怒而不敢言,这已足以说明她在我们家的地位。父母的要求首在可靠,那么,就算是反感,我也得承认,恐怕没有比老阿姨更忠实可靠的人了。什么占点小便宜揩点油之类的事在她身上不仅不会有,而且简直不可想象。她也不会搬嘴,不必担心她的背后议论,尤其是不会有那种切切嚓嚓咬耳朵的议论,因为她从来就不会小声说话,一开口就是大嗓门,其声洪远大,足以与她的呼噜相媲美。行得端,坐得直,从没干过亏心事,所以无事不可对人言,而且可以嚷嚷着言。她肯定不知道有"光明磊落"这么个词,如果知道,她很可以用来描述她为人行事的那么一股子凛然之气。

她来我们家时,我只有七八岁吧,妹妹只有两三岁,父母上班的时候,这个家就完全由她掌控,这种情况下保姆在大人、小孩的面前表现小有差异,也是人之常情,但我可以肯定,她从来没有。若说她把我妹妹熊哭了,那她在我父母的面前也同样横鼻子竖眼地大声训斥。吃饭时若是父母在场,因为他们老是劝的缘故,她推辞不过,还会稍稍吃点肉蛋之类,中午单和小孩一处吃时,几乎永远是青菜、萝卜或咸菜,还有一信条,曰"青菜萝卜保平安"。我让她吃肉,她便喝道:"吃你自己的去!"

有个邻居,喜欢张家长李家短的,不止一次问过我,老阿姨对我们是不是很凶?有一次却又拉住我,说她对你们家真是忠心啊!接下来说了什么忠心的事例吧,我急着去玩,根本没耐心听她的絮叨,找个由头就走了。后来知道,是老阿姨常借钱给菜场里卖肉、卖豆腐的师傅,为的是去迟了他们会给留下点。我记不清她一个月的工钱是多少了,反正不多,她三元五元地借出去,人家不还的时候也有。我们家的饭桌因此也丰富了一点吧,虽然买什么回来结果还是一样烧得难吃无比。

老阿姨对她的忠心耿耿显然不无自矜,绝不会容忍别人对她的可靠有半点怀疑。有时她会臧否人物,标准永远是忠与孝,而最后多半要归结到她的一句口头禅上去:"猫是奸臣,狗是忠臣。"我以为完全不合逻辑,文不对题,因为根本扯不到猫狗上面去。也曾背地里嘲笑过:那她是以狗自况啦?狗在那时的形象绝对地负面,说起来都是地主、资本家的走狗、狗腿子、丧门狗什么的。我们是革命家庭,哪来的地主、资本家？倒是她自己，一身横肉，有点像个地主婆。

我和妹妹的确经常背地里骂她地主婆。主要不是因为她胖，是因为她凶，尤其是对我妹妹。她总是横眉立目，好像压根不知道对孩子还有哄这一说。我妹妹小时喂饭特别难，常吃了两口就嘟了嘴，咬紧牙关，待好不容易一小碗饭喂下去，说不定又哇地一口吐出来。我记得我都还哄过几回。但老阿姨是没有慈眉善目、温言软语这一套的。夏天让她站在澡盆里，其他时候则弄到桌上去，让她没处跑，而后便喂。抗拒总是不可免的，只要一而再，不必到再而三，老阿姨肯定就发作，把碗朝桌上重重一顿，面露凶光，道："你到底吃不吃?!"气氛马上紧张，有点像电影里国民党刑讯逼供的场面。我妹妹没有革命者那么坚强，通常是嘴一撇就大放悲声。

这让我很是愤愤不平，因为分明想起小时因不肯喝牛奶，外婆如何端了奶锅颠了小脚楼上楼下跟在我后面撵，嘴里乖乖、宝贝地说个不停。我因此向父母告状。其实他们哪里不知道？当着他们的面，老阿姨甚至还打过我妹妹。她从来都是理直气壮，说是不打不成器。这有成功的范例摆在那里：她儿子就是这么教训出来的。她儿子在六合当医生，隔段时间就会来看她，早已结婚生子了，当着我们的面,她依然高喉大嗓地熊他,他也果然是服服帖帖。

也不知哪里得来的印象,我觉得父母私下里似乎也觉得老阿姨太过分了,但也许是认定"大方向"正确吧,在我们面前,总是维护老阿姨的绝对权威。还有个缘故是我后来琢磨出来的:他们也不知道如何是好。倒不是新社会什么都变了,问题是他们从农村来,一天到晚在接受革命教育,这里面没有主仆的概念,上下级关系则这里用不上,他们也不会游刃有余地处理这关系。偏偏老阿姨又极嚣张,我都可以想象,若是我母亲委婉地说她几句,没准她会说一番她的道理,把我母亲呛回去,接下去就该我母亲躲一边生闷气去了。何况年岁上她是长辈,而且又是那么忠心耿耿。

虽然老阿姨有主人翁精神,把我们家当作自己的家,人我的意识多少还是有的,打人的事情只是极偶然地发生。通常情况下,她的专制限于严格管理的范畴,当然,这也就够受的了,所以在我知道了"淫威"一词的含义之后,毫不犹豫就用在了她身上。她总是说我太懒,不断地支派我干家务。常规的活是剥毛豆剥花生。我的老家在泰兴,产花生的地方,亲戚隔三差五就送来一大麻袋;她上菜场极其缺乏想象力,买来买去总是那几样菜,在夏天,便是毛豆,从上市到下市,几乎隔天必买。于是我就有无穷的机会坐在那儿垂头丧气地剥，面前是一只盛剥出的花生仁或毛豆米的空碗，不知何时才能达到她"堆堆尖尖"一碗的要求，一时间日子就变得漫长而令人绝望。

明知是躲不过，延挨一刻也是好的吧？厕所是我的避难地，时常带本书进去，反插了门，半天不出来。然而老阿姨的统治在我们家是无远弗届的，厕所也在其中。过一阵她便猜着了，高喉大嗓地让我出来。开始我不出声，待她离去即迅速溜出，将书塞到某个隐秘的所在，而后若无其事在她面前出现，抵死不认厕所里的人是我。这把戏几次就玩不下去，有次她大概打定了主意要人赃俱获，堵在门口就是不走，嚷嚷道："你掉茅坑里去了？""不出声也没用！以为我不知道？就是你在里头！"里面还没动静，她就撞门，我们家的厕所在楼梯肚里，极狭小的空间，窗户上装着铁栏杆，要越窗而逃是不可能的，听她在外面嚷，看插销也一下一下震得松了，我在里面恨得咬牙切齿，像一头困兽。结果可想而知，我束手就擒，书被没收，那书好像是正在看第三遍的《欧阳海之歌》吧。

她对我的管制还涉及起床、睡觉、吃饭等诸多方面。比如起床，放寒假也不让睡懒觉，而且采取的往往是比父母更峻急的断然措施，走上来一把将被子掀掉，如我再盖上，她会干脆将被子抱走。我尤其受不了的是，她在有些在我看来她根本没资格过问的事上，也要管我，比如读书、上学。我说她没资格是有根据的：她根本没念过书，不会写字，认字也只限于自己的名字。她有一套极形式主义的量化标准，不看其他，只看做了多少页，或是规定时间，必须给她看了之后，才让出去玩。我给她看时每每鼻子里出气，心里冷笑道，你看得懂吗？走廊墙上贴着的"老三篇"她自然也看不懂的，但她逼我背给她听。这是在早上上学之前，不背完一篇不放行，要迟到了也不管。我时常欺她不识字，偷工减料，有一回减得太多了，她似有所觉察，质问道："一张上那么多字哩，怎么一下就完了？昨天没这么快！"

小时记忆力好，能背的真不少。这也成为她炫耀的资本，若是邻居有人夸耀小孩能背多少条语录，她必要说，我们家宏宏（我的小名）"老三篇"全都会背，"老五篇"都快了。其实我的爱看书她也常骄傲地对人说，多年后我考上大学，她就对人说，这孩子有出息，她早看出来了。虽然到了要剥毛豆时，她照例逼我放下书去剥毛豆。

我不知道她让我背"老三篇"与"阶级感情"有没有关系，记得那时学校还没提这样的要求。她的成分是贫下中农，要不就是贫雇农，甭管究竟是什么，从她嘴里说出来，一概是响当当的"大贫农"，"大"是形容其"贫"的程度，赤贫的意思。有田有地，怎么会出来侍候人？她没来我家之前在另一人家干，做过那里的居民小组长，也许就和成分有关，她平日的理直气壮好像与这关系不大，虽说她也曾将出身亮出来镇人——这且按下不表。我因在学校常听忆苦思甜的报告，想她没准也是苦大仇深的，有时就问她，也没听她说出什么来。但她坚称毛主席是"大救星"，说没有毛主席，他们可能还在"跑反"哩，——这是六合那边的说法，指日本人一来，他们就要到处躲藏。"日本人凶啊！到处找花姑娘！有时一天要跑好几回。"她说。

虽然没文化，她的嘴里却会不时蹦出一些时行的红色语汇，还操练得颇为精熟。责骂我时，像"资本主义""修正主义""剥削阶级思想"这些词就会不择地而出。不愿剥毛豆当然是"剥削阶级思想"，吃早饭想要个鸡蛋则属"修正主义"无疑。她常批评我的一句话是："我看你是'修'掉喽。"或者，"你这不是八项主义，是修正主义哎！""八项主义"显系"八项注意"之误，"主义""注意"她不大闹得清楚，不过只要不是以辞害意，则这里前者为正面的评价，后者反之，其意甚明。

听得多了，结合具体的语境，还是可以觉出，这些词在她那里还是小有差别，并非眉毛胡子一把抓地乱用。一般情况下，"修正主义"是比"资本主义"更严重的指称，这可以说是形势使然，因为那时的宣传中，修正主义似乎比资本主义更可恶，在一般人的意识中，乃是生就的敌人与叛徒之别，"苏修"也因此较"美帝"更是我们的头号敌人。至于她大体上将爱面子归为"资本主义"或"资产阶级思想"，而把贪图享受说成是"修正主义"，则大约只能属于"运用之妙"的范畴了。

我"爱面子"的具体事例不胜枚举：不肯穿老家捎来的奶奶做的布鞋，不愿穿补丁补得难看的衣服，不高兴提着篮子上菜场而宁愿用尼龙网兜往回拎菜，用木桶抬洗澡水回来怕熟人撞见，等等，等等。但这些并未引起什么大的冲突，让她大动肝火的事乃是因为夏天洗澡。

大概是我八岁以前的事吧。洗澡都是在厨房里，这里原是个汽车间，地方宽绰，乱七八糟的东西都放在这里，因此也是属于她工作的地盘。放好了水，她不离开，仍在忙这忙那，我说"我要洗了"。她道，"你洗你的"。这让我且惊且怒，幼儿园大班洗澡就分男女了，我已上小学，怎能如此不讲文明？她振振有词道："你才多大？我一个老太婆了，你还害什么臊?!洗！"不仅如此，她怕热，还不让关门，亦有说："又不是女孩，怕什么？乡下男孩多大了还光了屁股在塘里洗哩，你就洗不得?!"汽车间的门是冲着大街的，此门一开，路人看过来，一览无遗。倘有同学撞见，第二天我在学校必成头号笑料。那可是奇耻大辱啊！

于是我罢洗。她似乎是做了点让步的，让我把澡盆移到门后，外面视线的死角上，我仍然不从，她就要上强制手段，将我捉将盆里去。我绕盆而跑，最后干脆就跑出门。这是她的弱项，再也追不上的，兀自站在门口，边大喘气边数落："你就是资产阶级思想，这么点大就知道要面子，长大了怎么得了？！"

那天终于没洗成澡。我认为理肯定是在我这边的，便向父母告状，也就这一回吧，他们没说我，且称要去做老阿姨的"思想工作"。果然以后她开始回避，门也让关了。虽然帮我倒洗澡水时总还要气哼哼地叨咕，乡下小孩如何如何。

我和她之间最激烈的一场冲突则导致了我唯一的一次离家出走。是九岁的时候吧，家里来了个叫小红的女孩，她原先带大的。小红大我一岁，自然玩到一起，我常在她面前发泄对老阿姨的怨愤，不惮以最恶毒的诅咒。有一回她又支派我剥毛豆，不剥完不让出去玩，放在平日也就罢了，那天我是和几个玩伴说好了的，要聚齐了去五台山上打鸟，有个同学拍胸脯保证能把家里的气枪偷出来。而且我也赌了咒，说届时肯定能从家里溜出来。奈何老阿姨把着门，就是不让出去。也是急火攻心了，我对一同在剥毛豆的小红恶狠狠地骂道:"她简直就是地主婆!比地主婆还坏!!"

没想到小红把我给告了。也许她觉得兹事体大,非同小可,也许从小由老阿姨带大,和她亲,也许是为了讨好,我不知道。东窗事发时我正百无聊赖在自己房间里翻一本不知看了多少遍的写李自成的故事,因为毛豆虽已剥完,小伙伴却肯定早已过时不候,走了。但见老阿姨铁青着脸进来,待一开口已是气得浑身乱颤,有点说不下去:"你骂我地主婆?!我一个大贫农,你说我是地主婆??!!"一直就重复这两句。最后撂下一句狠话:"我要告诉你爸爸妈妈,让他们评评这个理!"我和她顶撞吵闹之类的事时有发生,她都是自己处理,似乎从没告到我父母那儿去,这一回显然是觉得事情超出了她的想象,已然不在她可以控制的范围之内,气糊涂了。

我在学校和同学间以此相骂,并未闹出过什么恶果,然在那一刻,我忽然意识到了事态的严重。整个下午一直处在大祸将临的惶恐之中,甚至没想到要去质问小红的出卖和背叛。意识完全被各种可能的惩罚所占据,正因想象不出来,越发地忐忑不安。我甚至幻想父母同时接到什么突然的指令,都到外地去出差,一星期以后才回来,如是一个月就更好——躲不过十五,躲过初一也是好的呀!但那是不可能的，到晚上，母亲下班回家的敲门声如期而至，听来就像"麦克白的敲门声"那么恐怖，那一刻世界末日终于降临，我扛不住，崩溃了，在母亲进门的刹那，夺门而出。

后来的事情没有想象得那么可怕。关键是心态调整得好，我在同学家把这事玩忘了，直到人家要睡觉了，才想起前情。有家归不得，却是出奇的平静，反正已是破罐子一个。却还想着第二天上学的事，当日的作业未做，如何是好？遂翻墙潜入家中，将书包盗出。大概离家一站地的地方，新装了一种路灯，我们称作水银灯的，特亮，路边又堆了些预制板水泥块之类，我就伏在上面做作业。十一点多钟，父母往学校、山上、同学家找了一大圈之后，终于在道旁意外地发现了我。这一幕对我非常有利，除了找着后的释然之外，他们还因我的不忘功课而大为感动，虽然平日里我倒是经常不能按时完成作业的。

到最后我也不知道老阿姨是否告了我的状，因为根据从父母口中得来的信息判断，他们似乎只知道我顶撞了老阿姨，涉及"地主婆"的关键处仍属隐情。当然我后来也觉悟到，即使他们知道了内幕，也不会怎样，主要的工作还是安抚老阿姨受伤的心。另一个疑问是关于我自己的，即当时为何会选择那样一个很容易被发现的地方待着，是否就等着被找到？如是则我有作秀的嫌疑。但我敢发誓，即有此念也绝对属于潜意识的范畴。不论如何，我的流浪生涯持续了五六个小时即告结束。据此可以得出的结论是，天塌不下来。

其时我完全沉浸在躲过一劫的庆幸之中，完全无暇去揣想老阿姨如何抚平自己的精神创伤。我只知道夜里她的鼾声依然响亮。据说我出走以后她也很着急，要满世界去找，虽然一直绷着脸。后经我父母劝阻，说得有人看护我妹妹，这才作罢。出走事件后她对我的态度好像有所改变，而背着我在人前夸我则一如既往，只不过最常举出的例证换成了离家出走而不忘功课，至于骂她"地主婆"一节，肯定是按下不表的。

到我上初中时，老阿姨在我的意识中已渐渐开始淡出，人往大里长，她不好像过去那样管了，此外我在学校是学生干部，经常夸大公务繁忙的程度，不是说开会学习，就是声称要出墙报黑板报，整日不着家，她要管也是鞭长莫及。她的管制对象只剩下我妹妹。我偶或对仍处在她"淫威"之下的妹妹表示一下同情，甚或也有仗义执言的冲动，同时也就有那么点隔岸观火的优越。对我而言，老阿姨已经略等于一些可听可不听的唠叨以及以不变应万变、咸得吓人的老一套饭菜。直到有一天家里出了件事，她的存在才又重新格外分明起来。

这就得说到我们家的邻居。前面也提到邻居，不过那是院子外面的，院里的邻居，只有范姓一家。这小院里是幢两层小楼，我们家住楼下，那家住楼上。按通常的说法，该说那家姓季才对，因为男的姓季。称范家不仅因房子是以女主人的名义分的，而且她在家里是绝对的主角。这人是个老红军，既称老红军，年岁自然大于我父母，比老阿姨则要小几岁，我们家搬到这里的时候，周围的人背后已叫她范老太。范老太是湖南人，肯定没参加过长征，她的"老红军"资格可能是因当时不成文的规定：凡抗战以前参加革命的，都这么叫。她的前夫资格更老，早就不在了，我记不清是牺牲还是亡故了。周围的人都传，要是他还在，肯定是不得了的大官，省军级是肯定的。这恐怕是真的，因为经常会有人坐了小轿车来看她，那时坐小轿车是非有相当的地位不办的。此外楼下有间房，应是属于我们的，一时没住人，她就给占了，说是她们在里面学习。每星期的某两天，果然就有几个穿军装的老太太坐到里面，戴了老花镜读报，其中有两个还缠过小脚的，都是坐了老伴的车来，想来都是老红军，至少是老红军的家属。父亲资历浅，不好说什么，她又气盛，直到我们搬走，这间房也没还。

范老太在我们那一带赫赫有名，一是门前常停小轿车，一是脾气坏。据说原先住楼下的那家之所以搬走,一个重要原因就是受不了这位恶邻。她是家里的暴君,从老伴到儿女到女婿,谁都怕她,我们也怕,我想老阿姨是院里唯一不怕她的人。她老伴和她一样,都是再婚,在晓庄师范当校长,级别比她低,在家里总是一副忍气吞声的模样,压抑久了,会暴发一下,白头发下面脸涨得通红,笨嘴拙舌磕巴着吼两声,被范老太劈头盖脸一顿毒骂,很快就蔫下去,复归于忍气吞声的常态。"文革"初有一天,他学校里来了一帮红卫兵,要押他回学校开批斗会,他自然是顺从的,不想下楼下到一半,范老太突然在后面大喝一声:"不许去!我看你敢走?!"他果然就捏了纸糊的高帽不上不下地站住不动。几个小将也被震住了,又知道她是老红军吧,一时都不知所措,愣在那里。过一阵范老太又发话道:"去吧。"他就老老实实跟着小将走了。这一幕太有喜剧意味了,以致我后来不止一次当笑话向人学说,却从未想过范老太那声大喝以及后来的放行究竟是什么动机。

这场景不多见,我最熟悉不过的还是有声音无画面的广播剧。通常是范老太责骂儿子女儿,那边忍不住了就对骂,再发展下去是动手了,就听楼上砰呤嘭隆地乱响,于是响起老头子哀恳夹着愤怒的声音:"不要吵啦!不要打好不好?!"

现在想来，范老太的变态与她的病有很大关系。我们搬来时她已得了肝硬化，每天躺在躺椅上挂吊瓶。她很愿意我妹妹到楼上去，在那儿玩，也陪她说话，帮她拿个东西什么的。我妹妹有点害怕，因为她说话有气无力，像是要死的样子。我也上去过，那时她待我们挺好的。后来不知怎么病好起来，也不是全好，但可以楼上楼下走动了，脾气却越发坏起来，而且变得不可理喻。都说患肝病的人肝火旺，至少在她身上可以得到印证，平日病恹恹的，遇与人争执，会忽地精神大振，直嚷到声嘶力竭。最要命的是，她老疑心我们要害她，而不论何事，最终都将上升到迫害老红军的高度。比如她家厨房在楼下，要走过一段露天才能进入，她觉得大太阳天会晒着，雨天会淋着，就让人搭了个芦席棚，正在我住的那房间上方，这下房间里白天也是暗无天日。我母亲不善言辞，尤不善争执，平日遇到些两家的小摩擦，总是念忍字诀的，这次觉得太过分了，就跟她商量，在那上面弄个洞透光进来行不行。范老太马上火了，说太阳、雨还是会进来，淋了雨病会加重，病情加重她就会死，因此——"你们就是想逼死老红军！"这一类的无稽之谈说了不知多少回了，连我妹妹小时陪她也被说成要找机会害她。

且说这一回是她家的金鱼死了，她下楼找上门来，一口咬定是我在鱼缸里下了毒。我气得要上前论理，被母亲拦住，沉下脸问我干没干，我说没干。接下来范老太和我母亲之间就陷入吵架时那种大量的同义反复。范老太坚称就是我干的，不会有别人，动机是要气死老红军。我母亲听她亮出身份就气馁，除了不许我插嘴之外，就是一味防卫式地说一句话，老红军也要讲理。范老太更气了，说老红军怎么会诬赖人?! 你说老红军不讲理?! 几个回合下来，母亲好像已经快气哭了。

就在此时，老阿姨登场了。她将我母亲掩到身后，上前道，范同志，宏宏下午不在家，我看他出去的，怎么会弄死你的鱼？范老太见有人帮腔，气得不行，说你们居然欺负到老红军头上来了！又对我母亲说，你家是地主，我要找你们领导！这下老阿姨火了，亮开嗓门嚷道："他们怕你，我不怕，你老红军怎么了？你老红军，我大贫农！"

此语一出，石破天惊，老红军让大贫农给镇住了，半晌作声不得。待回过神来，就骂骂咧咧地撤了。回到楼上，心意难平，大概平生未尝受此大辱，遂开始砸东西，骂声复又高起来，扬言也要告老阿姨。老阿姨听不得，不依不饶走到楼梯口那儿，双手叉腰对了上面大嚷，说等着她告哩！有理走遍天下，无理寸步难行！我看你到哪儿告？母亲要拉她回来，却哪里拉得住？

范老太后来似乎是没告,尤其是老阿姨,的确也没地方可告。经此一役,她的气焰大大受挫,大体上是从战略进攻转入战略防御,虽说还常常寻衅,却多半是龟缩楼上,骂街式地嚷嚷。

真是"天王盖地虎,宝塔镇河妖"啊。自此兵来将挡,水来土掩,老阿姨成为我们家的守护神,"大贫农"三字在她那里好似围棋中的胜负手,每吵到不可开交的时候她就放出胜负手来。而且她有一种"宜将剩勇追穷寇"的气概,穷寇勿追的道理不管是在讲恕道还是在审时度势的意义上,她从来是不讲的。有一次我放学回来,还没进院门就听见里面吵成一团,两个声音,一个是范老太嘶哑的声音,一个是老阿姨中气十足的大嗓门。进去看时,两人一楼上一楼下,正在鏖战。楼上有扇窗敞着,范老太站在那儿骂一阵就消失了,过一会儿又复出现,也许是精神不济,要歇一下才能再战。老阿姨却是神完气足,仰脸对着那扇窗如一头咆哮的雄狮,一声声高上去。

不知争执由何而起,像往常多数情况一样,到最后不可避免地进入"老红军"与"大贫农"的对决。范老太痛说革命家史,说她小时如何如何苦,前夫怎样为革命命都没了,又牵连到现在的老头子如何不中用,"不是个东西"。老阿姨也不含糊,马上就跟进,说"你苦什么?我比你还苦哩！"就说她做童养媳，年纪轻轻就死了丈夫，给人当下人，"现在都是人侍候你，我一辈子都是侍候人家！"两个各说各的，奇的是都不像诉苦，老阿姨说时犹有一股子凛然之气。最后就听见楼上窗户砰地一响，关上了。

那段时间我对老阿姨刮目相看，觉得她有一种豪侠之气。其实这应该是早有所悟的。她从来就爱打抱不平。她到我们家以后没多长时间似乎就成了附近那一带的人物，不是传播信息的那一种，她喜好的是以她的大嗓门评理。从家里到菜场是她每天必走的道，菜场也几乎是她唯一的目的地，五点不到她就起床往那去，此时路上还没什么人，待往家走时行人渐多，认识她的不少，她的大嗓门就一路响回来，打招呼之外，就还涉及评理。只要她在，对着马路的汽车间的门通常是敞着的，门口有棵老槐树，天气好的时候，她都是把菜拿到外面去摘，有熟人经过，便和人说道说道，多半是人家说事，她评理，有时就能隔着大马路进行，振振有词的。若有别家的保姆说主人的不是，她便会说"余同志""吴同志"（指我父母）如何如何不是这样。如果事涉我们家，那理肯定是在我们这一边。

但是她的理与我的世界相去太远了，所以她总是片刻地闪亮之后又很快在我的意识中隐去。她要离开我们家的时候我似乎也显得很淡漠，虽说她还叮嘱了一番多做家务，日后要孝顺父母的话,并且眼角有点湿润,要落泪的样子。我妹妹则显得更无情,也是苦大仇深的缘故吧,还在有此一议时就打包票,说没老阿姨一定行,她愿多多干家务活。在老阿姨离去的第二天她果然一大早就上菜场,并且洗了一大堆带鱼,不仅毫无怨言,而且很开心,简直有点翻身农奴把歌唱的味道。

老阿姨在我们家干了十几年,离开时已有七十多岁。其实关于老阿姨离去的事,家里此前已议过不止一次,原说到我妹妹小学毕业就回家养老,后来说初中毕业,再后来推到高中毕业。她在我家待惯了,似乎也不大愿意回去。儿子女儿都要接她回去,说年纪那么大了还在外面做,害他们都要被人骂。有次他儿子这么说,倒被她骂了一通,说我还能干,要你们养我?! 她骂儿子依然骂得很凶,并且当着儿媳的面骂,总是为媳妇撑腰,派他的不是。至于儿媳是否领情,我就不知道了。最后她还是选择住到乡下,跟女儿一起过。后来我们每年去看她,都是到那边。

大概是恩怨已了吧,几乎都是我妹妹跟着母亲去,我只去过一次。那一次我发现老阿姨真的老了,脸上的肉都挂下来,嘴角不住地流口水,精神也不济了。她见了我很高兴,问了很多也说了很多。说了什么,全无印象,只记得刚一坐下她就让女儿去做水铺蛋,其后就不住地以呵斥的口吻责令多放糖，蛋要煮得嫩。端上来一碗里有五个鸡蛋，甜得要命，我不知怎么想起当年我因早上要吃一个蛋她说我"修掉了"的事。

她是一九八五年去世的，在离开我们家四年之后。母亲说起时我一点没往心里去。倒是过了很久之后，有一天读福楼拜小说《一颗简单的心》，写一卑微而善良的女仆一生故事的，我不知怎么想到老阿姨，鼻子微微有点发酸。其实她与小说里的主人公一点都不像，不管是性情，还是经历。

我母亲偶或提起老阿姨，最后差不多总会说一句："像老阿姨这样的，现在是找不到了。"这话意思有点含糊，可以指她的忠心耿耿、实心眼，也可以指她有几分专横的脾气。不管怎么说吧，我想，这倒是的。

绿川良则

——当然，是日本人。"绿川"是姓，"良则"是名。我因此知道日本人的姓常常很"自然"，山光水色，花木虫鱼的，比如"松下""大谷""竹下""沟口""大江"……"绿川"，当然是绿色的河流了。至于"良则"，那"则"应该是以身作则的"则"，准则、榜样之意，"良则"者，好榜样也。但我相信，没有哪个日本人会认为他是值得效仿的。

他是我大学时代的同屋。"同屋"一词需要做点解释，就是"室友"之意，英文里叫 roommate，但那时似乎是专用的。比如你和同学八人一室，另七人你就并不说是你的"同屋"；但若是你和一个留学生同住，而你向他人提起或介绍，则那老外便被称作"同屋"。同一天花板之下，做此区分，似无必要，但约定俗成，就这么叫了，成了专有名词。

现在外国留学生来中国，可以住留学生宿舍，也可自己到校外去租房子。过去则非住指定的宿舍不可,二十世纪八十年代初,即使允许,恐怕也不易租到房子。又有一不成文的陪住制度,即每个留学生有一中国学生同居一室。不要同屋也可以,出双倍的房租就行。不过绝大多数留学生还是选择与中国学生同住,否则他们与中国学生的接触就极其有限。

校方说服他们接受此项安排的一大理由一方面是有助于学中文、了解中国,这是真的;另一方面,也未尝没有一点防范的意思。接纳留学生属于"涉外"范畴,可视为微型的外交,而周总理早就有言,"外交无小事"。据说入住留学生宿舍的中国学生事先要集中开会,有外事纪律方面的要求,此外如果发现什么情况,应该向组织汇报,——后来听说,也真有人去汇报过。

也不知怎么叫起来的,中国学生的身份叫作"陪住",与"同屋"可以并用,但比如说吧,只说我是绿川的陪住,绝不会倒过来。我对此很不满:凭什么我们"陪"他们?当然从某种意义上说,的确是我们沾了他们的光:两人一间房,冬天有暖气,每天可洗热水澡,这在中国学生的宿舍,简直不可想象。这还不包括一些额外的好处,比如回国时,他们会把自行车贱价处理掉,同住的人近水楼台,自可捷足先登,而在当时,自行车不仅算大物件，还须专门的票。此外还有些不带回的东西。绿川走时把毛衣、旅游鞋等物留给我，都是穿过的，我后来穿了很久，也没觉着丢人。

我之希望当"陪住"，倒不是图这些个，开始也不知道。——我是想有机会操练操练外语。这事原本大约没我的份，因为当"陪住"是要遴选的，虽然并没有一定之规。总是学生干部或较优秀的同学优先考虑吧？我显然不在此列。其时系里管我们年级的辅导员找到我，问我是否表示过愿望，我说是。第二天便通知我去入住。再过几天这人就在我家里出现，原来是想通过我父亲帮忙一桩事。二者之间的因果关系不言自明，也就是说，我之当"陪住"，有点黑幕的成分。这让人很不爽，当然，便宜既已占了，也就占着吧。

我不爽还有一原因：同住的是一日本人，想操练的是英语，完全对不上。后来在留学生宿舍住了近一年，果然外语毫无长进。绿川颇愿教我点日语，无奈我没兴趣，除了弄明过去在电影里听得再熟不过的"八格呀鲁""米西米西"之类鬼子用语的意思之外，只是额外又会了几句骂人话。

在另一方面，这一次"走后门"的结果在我自己，却是创下了一个纪录，此前我从没有和人共处一室将近一年之久。那时候大学宿舍紧张，本地的学生都是住家里，唤作"走读生"，我就是住家里的。此后也没有过这样的经历。两人世界，朝夕晤对，现在想来，实在是个不大不小的考验，中国学生与同屋不洽，闹出大大小小矛盾的也不在少数，绿川和我之间倒还好，一年住下来没半点芥蒂。

我和他初次见面颇富戏剧性，是外办的人领我到他已住下的那个房间，介绍一下，就算认识，待那人离去，绿川关上门迫不及待地进一步做自我介绍，介绍的重点是他参加了一部中国电影的拍摄，他不是充数的群众演员，演职员表上会出现他的名字的。而后就找出剧本给我表演，一遍日语，一遍中文，一本正经的。以后为我一人，或是在到我处闲聊的同学面前又还表演过。当他表演到第 n 遍的时候，电影终于公映了，即当时颇受赞誉的《西安事变》。果然看到他的名字。他演一翻译，日本大使与国民党官员交涉的画面里有他，一口怪里怪气的中文，连日语在一起，总共有四五句台词。

我不知道他是怎么被选中的。也许是别人不愿意而他愿意？改革开放之初，中日间的关系较现在更微妙，即使极私人化的个人接触也带点试探意味。日本人对中国人的态度我说不清，以我的判断，日本人在一部抗日基调的电影里扮演角色，多少还是会有些心理障碍，至少我就想象不出，宿舍里绿川之外的日本留学生会一诺无辞。再就是，他的长相很日本？我以为他一看就像个日本人，当然那时大陆还不大见到韩国人，而日本人的穿着与大陆的差别是一望而知的。还有就是近于面具化的表情。

事实上绿川在很多方面都很不日本。首先便是他的脏与乱。书上都说日本人特爱整洁，电影里看到的也是这样。宿舍里欧美学生的房间常乱七八糟的，日本学生则都是归置得停停当当。绿川的桌上总是乱的，被子一年到头不叠，好像也没有打扫房间这回事。我自己就乱，有这么个同屋，没了这方面的压力，也好。只是他的脏乱尤在我之上。长时间不理发、不刮胡子，胡子又长势良好，蓬头垢面的，最甚时简直像一流浪汉，弄得难识庐山真面目。偶一收拾，还原为证件照片上颇为清俊的模样，与平日简直就是两个人。

他的脏乱源于他的懒，囚首垢面不是因读诗书不暇他顾，——就是懒，他就喜欢闲着。有时也会没日没夜地读书，起居无时，这点也不像日本人。不过，大多数时候他什么事也不干。

他对中国人的态度，也许和他的家庭有些关系。据他说，他父亲曾是侵华日军中的一员，所属部队驻防在山东济南那一带，怎么到那儿的以及与中国军队作战的情况他都没说，好像所知不多。他只告诉我他父亲在当地有一相好的，还有，没到日本投降，他父亲就回国了，原因是他对日本兵的行为表示不满。抓了中国军人严刑拷打，他觉得是该的，好多日本人被打死，他恨，但是抓了妇女也上刑，他认为没道理。大概是公开场合有激烈反应，他受了处罚。

我没办法判断他的故事的真实性，因为有太多的背景不了解，弄不清楚处罚与回国是否有关，也不知日本兵在中国是否有轮换。多少有内外有别的意识吧，没好意思追着问。只有一回喝了酒之后，有几分酒意了，我问他他父亲的相好是什么身份，良家妇女吗？其实第一次听他说起时就想问，因为马上想到日本兵在中国到处找"花姑娘"，心里不舒服。绿川有些恼，说那女的是个寡妇。话没往下说，我还是有疑问，因为过去从没听说过日本驻军与中国良家妇女"相好"的故事。我怀疑他父亲对他也不会什么都说。

我和他之间发生过的一些小小不愉快似乎都是在酒后。我原是不会喝酒的，上大学之后跟在年龄大的同学后面学着喝点，喝不多少就飘飘然。绿川比我大三四岁吧，却是好酒的，几乎每天必喝，都是喝中国白酒，用外汇兑换券从专供外国人的商店里买回的敦煌、洋河，没什么下酒菜，总是开一盒凤尾鱼罐头，坐地上喝，——地上是征得我同意，全铺了席子，算作榻榻米的。

他经常邀我一起喝，起先我都是推辞，后来偶尔接受，再后来就喝得频繁起来，所以在喝酒上，他可以算我的启蒙老师之一。逢我加入的时候，他就比平时喝得多，喝得多就话多，我这时也话多，平时若还有些拘束，这时也没了。记得有一次纵论中日关系，二人很快在两国应该友好这一点上达成共识。我说日本当年侵华犯下了大罪，他并无异辞，说日本过去一直是向中国学习的，又说两国不仅要友好，而且要特别好，用你们喜欢的词就是——他跳起来查字典，翻出来念道——"团结"。说着说着就兴奋起来，拉我到他床上，——他床里侧的墙上贴着一张世界地图，——对着地图就比画，说中国真是大，人也真是多，日本则先进不让欧美，团结起来，还有朝鲜、越南……那么多亚洲国家，肯定能打败欧美。他一边说一边在图上圈起了一大片。

我已喝得晕晕乎乎，就觉得他说的哪里不对劲，却说不出所以然来，这时忽地恍然了，我说，你这不就是"大东亚共荣圈"吗？在我的意识中，"大东亚共荣圈"是日本侵华的幌子，就有些气愤。绿川显然当作两回事，说白人如何如何欺负黄种人。两人就争执起来，说汉语，他的表达不顺溜，当然说不过我，但还在费力地向我解说"共荣圈"的"真义"，称以往是被军人搞坏了，原本完全不是针对中国。

什么年头了，还做此想？我觉得简直不可理喻，懒得跟他辩了，就不理他，躺到床上随手抄本书乱翻，其实也看不进去，兀自在生闷气。他又还到我跟前解释，见我一直背对着不吭声，也气了，坐回地下继续喝酒，这一回喝的是闷酒。

后来很快也就和解了。其实我也明白，他并无什么恶意，大约日本的主流意识形态一直就是这样的。我还找了点书看，原先对"大东亚共荣圈"的了解限于电影里常见的镜头，翻译跟在日本人后面鹦鹉学舌地向中国人宣传，或是炮楼围墙上刷的标语，不知道后面实有更复杂的背景；而且"二战"后日本虽然经济起飞，但政治上一直被美国压着，所以会有跟欧美较劲的意识吧？但我还是不无耿耿。

也不知有时玩笑里是否混进了些潜意识的内容。比如有次喝了点酒后一起去活动室打乒乓球，在过道里我用球拍当手枪，顶着绿川的腰眼喝道："小鬼子，举起手来！"他也不恼，乖乖双手举过头顶。倒是外办的一位头头，恰好撞见这一幕，有些恼了，当时没说什么，过后很严肃地找我谈话，说这样"影响很不好"，我辩说不过是开个玩笑，而且这正说明关系好呀！他说不行，跟外国人不能随随便便。

不知有些中国学生是否也绷着这根内外有别的弦。有个历史系的加拿大留学生，中文名叫柯宝瑞的，就向我抱怨他的同屋不怎么跟他说话，住在一起很无趣，——当然，这是我和他成了好朋友以后的事。柯宝瑞因此常来找我聊天，他曾对我说过，人的不同其实不是以国家分的，精神层次、类型超越国家和文化。我附和了，的确也就这么想。过后就想到，这样的附和是否也有违内外有别的原则。但是，管他呢？

起初我没意识到，柯宝瑞来找我，往往都是挑绿川不在的时候。他来了，若是绿川恰好在，气氛就有些不对。他不加入我们的谈话，坐不一会儿，就找个由头出去，要不就是柯宝瑞说要去哪儿，下次再来。从绿川这面说，也许是因为白人都在"共荣圈"之外吧。这事儿我好像没挑明了问过他，柯宝瑞我倒是直截了当地问过，他解释说，日本人很怪，不像中国人那样容易接近，在留学生里，其他国家的人相互之间交往不少，日本人则有他们自己的圈子，封闭得很。后来我曾留心观察，确乎如此。同住那么长时间，只有一个中文名叫罗素丹的胖胖的美国女孩来找过绿川，罗素丹对他颇有好感，而日本人对白人的敌意似乎主要是冲着白人男性去的。

但是绿川似乎和同胞之间的交往也不多。当时在南大的日本留学生大体是两拨，一拨是通过文部省汉语考试选拔出来的，另一拨则是大公司出钱将职员送来学汉语。两拨人畛域分明，后一拨人财大气粗，辞色之间时或流露出对中国人的傲慢，似乎也不愿与中国人打交道。前一拨人温文有礼，不过大体上也止于有礼，像绿川和我那样的玩笑，只可能出在他身上。没准就是因为他太随便，或是与中国人交往不够矜持吧，其他日本学生对他的态度，虽不能说是侧目而视，却多少有点异样。这是我观察、忖度得来的印象，——不好向他求证，当然更不会质之他的同胞。

绿川屋里进进出出的，因此大多是中国人。这里面颇有一些是社会上认识的。"社会"一语在二十世纪八十年代初的用法有点蹊跷，至少有一意，是与"单位"相对。"社会上的人"意谓没有正经工作单位的人，与不三不四的人相去不远，因为正经人都该有单位，没单位的人才在社会上"混"，"失业"的说法当时是没有的。绿川认识的人大多并非此类，问题是，都是在学校外面，并非通过单位认识的，这就有来路不正的嫌疑。留学生宿舍有门房，即使我的同学进入，也得登记，外来的人则是重点盘问的对象，此无他，外来的人容易"出事"。比如有个美国留学生，中文名叫魏莉莎的，在外面认识了一个画家，后来好上了，居然休掉了原先的美国丈夫，闹腾了好一阵子，终于和画家结婚，双双到美国去了。外办的人说起来，语气里都当重大事故，所以要有所警惕。偏偏有些留学生就喜欢和社会上的人接触，潜意识里恐怕是对加于外国人的限制很反感，更愿自己交朋友，也算是反限制之举吧。

绿川似乎倒没这意识。来他这儿的人中有几位，对他颇殷勤，时常送点小玩意，请他下馆子什么的。这些人与我之间有些不尴不尬，好像有点防着我，虽然照样搭话开玩笑。而他们彼此之间也颇警惕，似乎都希望绿川成为自己的禁脔。后来从绿川嘴里知道，有两个人想让他回日本度寒假时带照相机，还有个女的，长得挺漂亮，一直在和绿川探讨担保她去日本留学的可能性。其他留学生也都多少面对这一类的问题，有的身边会形成包围圈。这里面就有利益冲突，——帮了你就不能帮他，虽然是虚拟的利益。留学生对这样的事反应各各不一，有的热情，有的冷淡，甚或辞色间还要露出鄙夷。

但绿川交往较多的一位日语教师显然不在此列,那人原就是本校的,绿川常到他那儿去。有次他拉我一起去,起初没答应,——根本不认识,又是老师,做不速之客,有点唐突。架不住绿川说一起喝酒热闹,那老师的经历又如何丰富,最后还是去了。他家紧傍着学校,就是现在已然对外开放的拉贝故居。两层的小楼,住了许多家人,过道里堆的都是杂物,房间很小,而且乱糟糟的。就拖了个箱子摆到中间,铺上报纸,围坐着喝酒。开始气氛没什么异样,那老师说些当年下放的事,挺随意的。后来喝多了,他开始骂,不知怎么忽然指了我的鼻子高声道,你也不是好东西,是派来监视我们的,是奸细!

事出意外,莫名其妙,我愣了一会儿,站起身就走。下楼梯的当儿,就听上面争执起来,绿川就一句话,他是我的朋友,你不该这样。

当时觉得简直是奇耻大辱,过后想想,那老师恐怕也是有些积郁,喝了酒不择地地发泄出来,我非"所指","能指"而已,可以理解的。很快也就释然了。倒是绿川,事后不止一次给我赔不是,看他一本正经的样子我很想笑,因为那架势很日本。事情弄得很复杂,——我让他不必介意,倒过头来向他解释那些年的"国情",知识分子倒的大霉,也不知他听懂多少。至于该不该向老外讲这些"家丑",就非我所知了。

作为赔礼的一部分,他请我到北京羊肉馆吃了顿涮羊肉。再往后来,又去曲园酒家、绿柳居,却是与赔礼无关了,是他嘴馋。老吃他的,有些不好意思,说起来我才是主人,无奈没钱,请不起他,只好商之父母,请他到家里来做客。没想到这回轮到了我陷入尴尬。

到那一日,绿川难得地收拾了一番,刮了胡子,一时像变了个人,还拎了点礼物上门。见了我父母就鞠躬,说一通极恭敬的话,总之全套的礼数。我父母虽也寒暄几句,却是表情僵硬,我觉着笑容里也透着不知所措。印象里父亲也接待过外宾的,不过那是在单位里,到家里来这是头一遭,组织上没教过如何应对,跟这么个学生、小辈谈中日友好,好像也不是个事。整个吃饭过程他们就没说几句话,即使让绿川吃菜,似乎眼睛也没向着他。

毫无顾忌的,似乎只有我们家的老阿姨。事先她就质问过我:"你怎么要把日本鬼子带到家里来?"老阿姨年轻时正是日本侵略中国的年头,日本人常到她家那一带骚扰,她在六合乡下,也经常东躲西藏的。我告她绿川不是"鬼子",是我同学,没多解释,也没当回事。没想到她那儿还没完哩,要开饭时她虎着脸端了菜往桌上重重地一放,我妹妹添饭时掉了点饭在外边,她就狠声恶气地在一边训斥，从桌边走过也是一副示威的架势，弄得我哭笑不得。

我不知道绿川作何感想，那顿饭吃得如何。也许他将我父母的沉默理解为拘谨，至于老阿姨，也许他根本就没弄明白她是我们家什么人，没准以为是自家人在怄什么气，再不会想到她的狠声恶气其实是冲着他这个"日本鬼子"。吃了饭就到我的房间里闲聊，又到院里看我家里养的鸡，走时还讨了几个刚下的蛋带走，说是生着吃营养极好，心情颇好的样子。饶是如此，以后我也再不领他往家里去了，虽说他还曾提出过，要去看望我父母。

没事的时候我会带他骑了自行车到处转，阳山碑材、南唐二陵这么远的地方也都骑车去过。印象深的是有天晚上，喝了酒之后，已经十点多钟了，我忽然来劲，说要领他去个从没见识过的地方。他喝得有点多，骑车不大稳，我就说我带他。他坐在书包架上却还不肯老实，偏要站起来，扶了我的肩一路大嚷，喊口号似的，一会中文，一会日文，只记得有一句是"我爱中国"。那时南京人都睡得早，路上空荡荡、静悄悄，由得我的车大幅摆动着蛇行。但他后来唱起来，一只手离了我肩膀舞动着，我没扶稳龙头，车子打晃，咣一声两人一起摔下来。许是喝了酒吧，倒也不觉疼。

我要领他去的地方是清凉山火葬场。原先南京死了人都在这儿火化，新近移到十字岗，这儿便废弃了，我一直觉着有种神秘感，想去看看。深更半夜的，算是来对了。大月亮下面，除了虫鸣，一点声音没有。其实也没什么，就一些空关的房子，还有一巨大的烟囱竖着。但绿川倒真给吓着了。我领他翻了窗户到空房里去，看里面有一排深深的方形的洞窟，想来是太平间，一格一格抽屉似的是暂存尸体等着火化的。到这时我才告诉绿川我们到的是什么地方。他听了一副错愕的样子，月光下脸都绿了。过一阵就压低了声问我："你有没有听到鬼哭啾啾？"再后来就催着我快走。

一路回到宿舍，他进门就开始翻箱倒柜，寻出一本《妙法莲花经》，从头到脚在我身上拍打，照着自己也来上一通，而后盘腿坐下闭了眼口中念念有词。我问了几遍他搞什么名堂，他不搭理。最后长吁了一口气睁开眼，很认真地问我："你没有听到鬼哭啾啾？"我摇头。他又道："现在没事了。"接下来解释了一大通。汉语还没到那份上，也说不清楚，不过大意我也能明白，无非是中了邪了，而他念了经，禳解了吧？

那天晚上他拉了我说他信佛教，是"在家的和尚"。我说不像，我住进来这么长时间了，也没见你念过经呀。

他坚持说，他心里一直有佛祖，一直想着的。

这些外人当然看不大出来，我只知道他经常想女人，单是两年前失恋的事，他就讲过不止一遍，还让我看他手腕上的一道伤疤，说那是自杀未遂留下的印记。问他别人怎么发现了救过来的，回说没到那一步，用刀划一下，看血流出来，就恐怖得不行，捂着就往医院跑了。

这是旧情，最新的情况是他喜欢上了一个中国女孩。这是另一回说起的，他让我在进出留学生宿舍的女生中猜，说就在其中。我很俗气，全不虑及心灵美的问题，凭当时的漂亮标准猜了三次，都错。原来就是我们系的一个女生，眼睛大大的。不知道他采取了怎样的步骤，追是肯定追了的。

但没结果，也不可能有结果。有魏莉莎的"重大事故"在前，外办恐怕一直在小心防范，而当时在国人眼中，资产阶级的老外们纵使不都是色狼，这上面极随便放任却是肯定的，再说绿川虽说收拾一下可充帅哥，平日那副蓬头垢面的样子也不招人待见。那女生没准认为自己受了冒犯，可能见我平日和绿川很随便，猜我是个知情者，不由地就矜持起来，不单见了绿川，甚至见了我，都是一脸凛然不可犯的神情。

她有没有向组织上举报我不知道，但女生遇到留学生的追求或疑似追求向外办告发的事情是有的。有次从外办门前经过，从虚掩的门里传来工作人员的声音，是个女的，大约就是说这一类的事："她说人家纠缠她，也不看看她长得什么样，纠缠她？！"——也不知说的是谁。向组织汇报情况原是很"政治"很严肃的，这样的议论却很不"政治"，有里巷风味。当时还想，照上面的倡导，不汇报不是；照这样子，汇报了也不是。若是传到议论对象的耳中，真是情何以堪？

绿川在情场上遭败绩的经历多了，虽也长吁短叹一番，很快也就过去。而且据我的判断，他在这边追和在日本追不一样，可能即兴的成分更多一些。果然过不多久他就移情别恋，喜欢上另外一个女生，和前一个长相大异，他的评价是身材好。那时还没有时装一说，更没有"三围"一说，女装不大显身段。那女生大概是个干部子弟，常穿一件老式的军装，我眼拙，没有绿川的穿透力，实在看不出什么来，只是个子高而已。

绿川的眼力哪来的？应该跟他橱里的色情杂志不无直接关系吧？

我说的是衣橱，我和他一人一个，并排放着的，我的橱从来不锁，他的橱时锁时不锁。有次急着取球衣去打球，错把他的橱门打开，正待关上，却见一摞衣服下面压着几本杂志，最上面一本露出半截，眼见得是裸女的封面。那年头色情杂志是稀罕物，说来惭愧，我忍不住抽出来看了，并且就此没去打球。这大概是同住期间唯一与他有关而又背着他干的勾当。过了一阵有个朋友来玩，趁绿川不在，橱又开着，我还又寻出来与朋友奇图共赏，这次发现较过去多了好多本，有日本的，也有欧美的。

留学生手里有色情杂志的不在少数，欧美学生大多比较"公开化"，虽然通常也收起来，随手插在书架上或放在桌上也时或有之。日本学生则基本上都是藏着掖着，只有住隔壁的一位，是三菱还是别的什么"株式会社"派来的，大摇大摆地摆在外面，甚至床头就贴一巨幅；但他是一人独住，并且明摆着是另一路人，不能作准的。绿川那么个生活毫无条理的人，色情杂志却藏得严严实实，一次也没落在外面过，并且一次也没当着我的面看过。那次我和朋友一边翻杂志，一边还议论："妈的，小日本就是变态。"——泛指杂志上的图片，也指外面严肃正经，内里色欲重得很。其实要说变态，也不在秘藏杂志这上面。绿川尤不在内。

据我所知，绿川也就是躲着我看看杂志，近一年的时间，回国或到香港度假除外，是从来不及于"乱"的。欧美留学生则隔三差五就会传出"绯闻"。魏莉莎事件因涉外，闹得轰轰烈烈，欧美学生之间的风流案却是不声不响地进行，这属于人家自己"私通""乱搞"，外办也管不着，只好睁只眼闭只眼，顶多对陪住的学生斥责他们"真不像话"。

有天晚上下着雨，一个同屋是美国人的同学在我那里聊天，聊到很晚才回自己房间，不想过一会儿又来敲我的门，问我有没有雨披，说要回家去住。原来他刚才回去，钥匙半天打不开门，才发现里面反锁了，呼同屋，只听里面一阵乱响，同屋开了门，却掩着不让进，说到这么晚，以为我同学肯定是回家住了。接着便嬉皮笑脸地商量，问回家住一晚行不行。这时从橱后的床上探出一张脸来，笑着冲我同学点头，正是这段时间与他同屋打得火热的法国女孩。还有什么好说？让"贤"吧。"狗日的，你拿他没办法。"我同学向我描述刚才喜剧性的一幕，无可奈何地直摇头。

美国佬的这份潇洒，绿川还有其他日本学生是绝没有的，我不知道宿舍有无其他欧美学生追中国女孩的事件，如果有，追起来肯定也大方得多，不会像日本人那么拘谨。绿川既然将色情杂志藏着掖着，自然不跟我讨论性问题，他只跟我谈论他的"情"。当然"性"与"情"也不好截然二分，比如他问我女人哪里最好看，我的回答非常大路货，说是眼睛——"心灵的窗口"嘛。因为知道他的秘密，以为他必是要说到胸、臀上去了，不料他的答案是后脖上发际那一带，说未梳理好的发丝还有些绒毛，衬着白皙的脖项，最足动人。这让我想到这一阵逢他钟情的女生在电视室里看电视，他也会跑了去，坐人家后边，没准电视节目没怎么看，都在研究心上人的后脖子了。不管怎么说，他这样一个邋里邋遢、橱里藏的都是"变态"玩意的人，居然是个细心的女性美的鉴赏家，还是让我刮目相看。

有很长一段时间，他对那女生也就止于鉴赏，除了经常跟我唠叨。老是坐而论道，我都有点烦了，撺掇他，你跟人家明说嘛。后来当真开始和那女生搭话了，但始终未说到关键处。被我激了几回，他终于下决心，一不做，二不休，要写一封情书。

这也只有日本留学生能够办到，欧美学生喜欢张口，不在乎说错，发音常比日本人强，但说到读与写，比起日本人来就差远了。绿川他们高中就学汉语，对汉字不仅一点不陌生，还知道一些别别窍的东西，"滑稽"的"滑"古音读如"骨"最初就是他告诉我的。但是用汉语写情书，于他还是一件难事。我的麻烦也就来了：他老缠着我问词用得对不对，还就喜欢用一些成语或不常见的表达，大概是想见才学吧,端在通与不通之间,要给他换个浅显顺溜的表达,他还舍不得,很是累人。

情书历时一星期,终于告成。我不记得是通过什么方式交给那女生,那女生的回信又是怎么到他手里的。我肯定没当过信使。有天我下了课刚进房门,他就举了一封信兴奋地向我显摆,而后就从榻榻米上站起来,用一种怪里怪气的声调抑扬顿挫地朗读。读毕了问我:"她是什么意思?"

那封信不长,比绿川的信浅显得多,大意是说我们都还年轻,她现在不想谈个人问题,年轻人应该以事业为重,不过可以成为普通的朋友,云云。——多少有点"文革"年间男女书信往来的遗风,绿川没见识过,当然不懂。他盯着我问什么叫作"个人问题",我很费力地向他解释了,至于总的精神,我说我没法判断。绿川有点困惑,不过依然高兴,最起码,他拥有了对方的手札。这以后在院子里我偶或看见他遇到那女生,会打打招呼,说一两句不疼不痒的话,也仅止于此。那女生的态度则在搭理与不搭理之间。

绿川摸不着头脑,有时不免长吁短叹,还升华出一些抽象的结论。他跟我探讨男人女人的问题,说男女就是不一样,我表示同意。但他不满意笼统的说法,还要做进一步的辨析。在纸上画了一个圆,再在当中加道线将圆一分为二,一边代表男性,一边代表女性,问我的理解是不是这样,我说是。他说这不对,遂又画了两个圆,分别代表男和女。说这是他的看法。图示的方法确实醒豁,我马上明白了他的意思:男和女不是人类这个大概念之下的两个次级概念,是从根上就完全不同的两个概念。或者说,二者是不存在共通性的两种东西。这真是沉痛到家的议论了。

无奈他还是想接近另一种东西。比较戏剧性的是有天晚上他急匆匆地进来,手忙脚乱地翻出相机,装上长焦镜头,对我说了句"她一个人在电视室里",便又冲出去。大概是快要回国,想有她一张照片却又没法讨要。过一阵回到屋里,我问,她肯让你拍?他说他是偷着拍的。我暗想,这么神经兮兮的,还不把人给吓着?

快要回国的那一阵绿川有点烦闷,倒不是因为他追那女生未果,回国以后他还给她写过信,虽然以后就没有下文,也不可能有下文。放暑假,我们都要去旅行,他往新疆,我去广东;我是骑车出行,回来的日子说不准,绿川说他的签证到何时,在那之前他可以等我,回国之前再见见面。这话我没很当真,待我很尽兴地出游回来,他已走了。外办的人告我,绿川从新疆回来后就一直待在宿舍里，楼里的人都走空了，他也没事可干，整天不是埋头在屋里玩扑克牌，就是在阴凉的地方喝酒——那时没空调，屋里热得很，对人说他在等我回来，直到签证就要过期，他才离去。我听了有点歉然。

不过我想他和我相处得虽不错，交情却似还没到这份上，不至于就为了再见一面，推迟归国的日期。他的迟迟不归，多半还是因为他下意识里不愿回到日本去面对现实，回去了他很快就得找工作，就算找到了工作，那样工作狂的氛围也让他惧怕。因想起那晚上他站我车上狂呼"我爱中国"的一幕，固然是酒后发癫，却也不是没有真实的成分，在日本他想过懒散的日子怕是不可能的。他还曾向我说过，社会主义比资本主义好，理由之一，是这里的人不像在日本，忙得跟机器似的。我当时听了窃笑，想这里正要打破懒人的大锅饭、铁饭碗哩，他倒在羡慕。

我的推测并非全无根据。大约他回国半年后，那个仍在中国留学的美国女孩罗素丹去日本旅行，要在绿川家落脚的，她找到我，问我是否有什么要捎去，我便将一盒茶叶并一件绿军装托付于她，后者是绿川曾经向我要过的。过了一个月，罗素丹再度出现，转交绿川给我的一包礼物和一封信。信中特别提到包裹里的一块肥皂是他母亲自己做的，当然也说到对在中国的那段日子的怀念。还说到他的近况吧，印象却很淡，因为罗素丹的叙述更具体生动，她说他整天窝在家里喝酒，也不出去找工作，他父亲因此常常训斥他。

以后好像还通过一两封信，再后来很自然地，音信就断了。我不知道他以后来没来过中国，若是现在的情形，他很可以找份工作在中国待下去，当时却是根本不可能的。当然，中国已不是过去那个样子了，他要想在这里懒下去，也没门。

绿川今年应该五十岁了，也许在哪个公司里当职员，或者，跟我一样，在教书？

二〇〇八年一月

"小白鞋"

一

姓甚名谁记不得了,只记得有一阵班上同学都喊她"小白鞋"。

个子高,腿长,选进少体校田径队,练短跑。少体校的人都有一双白球鞋,打篮球的穿一种高帮鞋,俗称"大白蓝",这种是矮帮的,不知为何我们嘴里都称"小白鞋"。好像有部小说或是故事里有个女特务或地主的女儿什么的诨号就是这个,大家顺手安在她头上,追在后面叫得越发起劲。她当然恼怒,但法不责众,也没办法。我们平时都穿黑布鞋,雨天当雨鞋穿的球鞋非蓝则绿,似以后者为多,称"解放鞋",部队的那种,或是仿制品。白球鞋显然更出挑,但既然"小白鞋"已被视为一种"骂",她就尽量不穿少穿,起先穿着来上课,放学后便去训练,后来就用报纸裹了带来带去，——若是照前一般穿来穿去，等于找"骂"。

我对这些细节还记得，并非对她早有爱慕之心，处处关情，实因小学四年级（要不就是五年级）与她是同桌，常见书包而外，她还把鞋放进桌肚里。我与她之间，自不免"同桌的你"那一类的故事，不过都是负面的：划定"三八线"，为借用橡皮、铅笔起争执，还结下过更大的"仇恨"，且按下不表。

只说"三八线"通常都是用粉笔在桌面取中划定，我则是用铅笔刀刻下的，足见结下的梁子之深。桌上之外，还有桌肚里的暗战：我们这张桌子桌肚里的隔板不翼而飞，两边是通的，虽然没划界，两造当然也还是寸土必争。某次为争地盘斗嘴，我拿她的鞋子说事儿，称桌肚里一股臭味。这是彻头彻尾的诬陷，如果我有双鞋子放在桌肚里，产生的可能更接近我描述的那种气体，她家里好像是医院的，或者与此有关，她极爱干净，衣裳总是穿得很齐楚，书本铅笔盒一向收拾得干干净净，经常还戴一对护袖，其干净程度远远超过我的衣袖。听我这么一说，她立马不跟我吵了，脸腾地红起来，且有泪水在眼眶里聚集，好像她的名誉受到了最大的伤害。我最怕见人哭，男孩之间打架打哭了倒不难面对，女孩一哭就叫人手足无措。大概住了嘴呆站了一会儿就逃之夭夭了,就像逃离犯罪现场。

我没"骂"过她,即喊她"小白鞋",那是因为我不喜欢她。这解释起来有点费事:"骂"引起的直接联想,自然是对被"骂"者的不喜、厌憎。事实上在孩童的世界里,"骂"也可以是并无恶意的起哄,而恋慕之情也可能就隐于其中。没有谁会公开地对女生献殷勤,在男孩中间这是注定会受到嘲笑的行为,如果你常扮演孩子头的角色,与女孩粘乎更有可能影响到你的"威信"。"骂"或领头喊女生绰号则有一箭双雕的效果,一方面见出你的胆大,敢挑头冒犯女生,另一方面又可满足一种表达关切之意的欲望,——未尝不可看作有所"接触"的异样方式。这套把戏当然不是有意识地设计,能够看破机关、洞悉其间曲折,是多年以后的事,不过"君子好逑"之际,许多事都是"外师造化,中得心源",可以"无师自通"的。

没骂过"小白鞋",不等于我是白纸一张,——我别有关注的对象:一个是本班的,一个是宣传队里的。共同之处是都长一对大眼睛,而且大体都是炯炯有神,而非"巧笑倩兮,美目盼兮"的那一类。这样的审美标准相当之符合潮流,其时银幕上、舞台上的女主角大都浓眉大眼。本班的那位是有绰号的,只是现在也回想不起,反正放学回家的路上,我会领着几个同路的男生追在后面喊。印象中那时不停地在修下水管道,沿路边一溜黑黑的有我们半人高的管子,精力过剩的男孩喜欢爬上去顺着走。女孩在路上走,我们走在一旁的管子上居高临下地"骂",有时还抄到前面去回过身来喊。女孩也非一人,都是好几个一道,有时会回"骂",有时会一起捂了耳道:"不听!不听!"不管哪种反应,我们都只会是越发来劲。

别班的一位不知绰号,交流则大体以高呼或书写口号的方式进行。不在一个班,机会不多,好在都在宣传队,后来一度又都在红小兵纠察队"共事"。后者的任务近似宪兵,负责检查每天大家是否带了"红宝书","红宝书"是否端正摆在了桌上指定的位置,"红小兵"胸章是否佩戴胸前等一应事项。其时成天价集体喊口号,种类极丰,既然是要"骂",当然只取打击敌人的一类,最衬手的就是"打倒",后面嵌上攻击对象的名字。张口当面喊的场景我记不清了,肯定有过几次。我记得的是书写。

事实上墙上、课桌上常可看到辱骂的字样,比如"某某是王八蛋""操某某他妈"之类,这种更具民间市井色彩因此更正宗的"骂"我从来没施之于有好感的人,对爱慕之人,一概处以政治性的"打倒",潜意识里恐怕也是觉得粗话是亵渎,"打倒"则不相干。有一次是放学检查完卫生之后,用粉笔写在了她们班的黑板上。时机是有选择的:要让她能看到且猜到是我所写,被质问时再矢口否认。第二天我们班黑板上出现了一条相同类的标语:我被"打倒"了。这让我心中窃喜,仿佛发出的信号得到了回应。你要问究竟是什么信号,我也不知道。当然,也质问,气势汹汹,"其辞若有憾焉,实乃深喜之"。后来读《汤姆·索亚历险记》,看主人公在他心里喜欢的女孩出现的场合使劲折腾,拿大顶、竖蜻蜓,以期引起注意的那节文字,不觉会心而笑。真是人同此心,情同此理,只不过我们的"打倒"游戏深具中国特色和鲜明的时代印记。

二

心里有那两位装着,我对"小白鞋"几乎可以称得上熟视无睹。还不止于此,因为她的"告密"行为,有一度我对她几有不共戴天之恨。这仍是在同桌时期。一男一女同坐,到现在小学似乎还是这规矩,——恐怕也是男孩通常较调皮,花插着坐比较容易形成秩序的缘故。"小白鞋"与我同桌不是随机的,乃是班主任特别的安排。我是班干部,年级里也算"精英"的,问题是在遵守纪律一项上，不是一般的差，上课抢着发言固是一端，前后左右地找人讲话也不落人后，此外偷看课外书，做小动作，都来。之前同桌的女生没能止住我，反受到我的"不良影响"，上课时也"叽叽喳喳"起来。老师觉得有必要安排一个立场更坚定的女生来抑制我的种种违纪冲动，而"小白鞋"正是一个合适的人选。

"小白鞋"平日就不是叽叽喳喳的那种女孩，比较文静，上课则总是抱臂端坐的姿势，小腰挺得笔直。老师不仅让她与我同坐，还规定我与她结成"一帮一，一对红"。"一帮一，一对红"，顾名思义，是一对一的互相帮助，著一"红"字则暗示了偏重的是思想觉悟而非学习成绩的共同提高。并非同桌定规就结成对子的，但我们是。她不过是个小组长之类，我的"官阶"要高得多，老师却要她多帮助我，让人很没面子。好在我暗中嗤之以鼻一下也就过去了。

我本能地要把她争取过来，就像坐监的革命者感化看守者一样。上课时我常和她说话，或拿什么小玩意叫她一起在桌子下面玩。可她显然不像电影里的看守那么容易争取。找她说话，她不搭理；用小玩意儿逗她，她不为所动，反倒是在我图谋不轨或有所动作时，她会拿胳膊肘杵我一下，提醒我注意。胳膊肘是男生女生争抢桌面地盘时最经常用到的部位,有时互相死死抵着,像角力,有时则是撞过来撞过去。她这里当然是另一回事,只轻轻一下,别人根本觉察不到,——她仍是端坐的姿势,两眼盯着正前方的老师和黑板,小脸很是紧绷。

我觉得很无趣。而且动静最小的违纪行为她也要干涉——我指的是看课外书。通常是采取两种方法:若是书不太厚,我会把包课本的书皮取下包到课外书上,大明大摆地看,书厚则只有掩在桌肚里,视老师注意力在别处时相机而动。很有经验了,我很少有被老师逮个正着的时候。之前同桌的女生还帮我打掩护,一见老师注意力转到我们这边就提醒我。谁知道"小白鞋"会那么不肯通融呢?不要说通风报信,睁一只眼闭一只眼都做不到。

起初她劝阻,让我别看,无效之后便威胁说要告诉老师。显然老师对她的信任令她对自己改造我的使命看得很重。我很惶恐,可还要摁住对她的反感,低三下四地求她不去告发,后来又试图收买她,带两本书来,上课时让她看一本我看一本,她拒绝了,再后来发展到主动提出让她带回家去看,那对她显然是一个诱惑,这也是天大的面子了,——既然那个时候大人都几乎看不到什么书。

我得承认,即使把书带回家的那一次,她也并未承诺什么,是我一厢情愿地认定自己已然成功地化敌为友。当她再次提起要再在课堂上看书就要报告老师时,我无比愤怒。我质问,那为什么还借了我的书回去?她回答得倒也振振有词:不是我向你借,是你自己要借给我的。好比斗嘴时说"你活该!"一句话噎得你说不出话来。

以今视昨,对她的反应可以有两种猜测:其一,她的确有极强的原则性,虽也受到诱惑,然短暂的动摇之后即重新回到原则性上去;其二,我借她的书没有足够的吸引力,记得是一本抗美援朝战斗英雄故事集(书还来时我讨好地问她:"好看啵?"期待得到肯定的回答,最好要求续借,如此就越发坐实是一根绳上的蚂蚱,日后课上看书再无忌惮),假如彼时手里有琼瑶阿姨的小说,结局也许会完全两样。

后一种猜测是"相对论"的,即相信任何事物都不是一成不变的,推论下去,其中的推理还有点阴暗,就像许多人认定行贿不成肯定是砸钱不够狠,送礼没到位。当然,说过的,这是现在的判断,当时完全被愤怒包围,不可能有冷静的分析。好在也还没有气到全然丧失"理性":我本能地知道,当务之急不是明辨是非或一味地发泄愤怒,而是阻止事态的恶化,即随时可能的告发。证据是我很快软下来,低三下四地求她不要告,并且开出了我能想到而未必能够兑现的种种优厚条件,包括给她十根牛皮筋，以后她犯任何错误我都不"揭发"，帮她集玻璃糖纸，另借她一本"绝对好玩"的书，等等，等等。

但这次她似乎铁了心不拿原则做交易，说她不要看我的书，不要我的东西，也无需我的效劳。这真叫人绝望，——当你发现对手再无可以利用的"人性的弱点"时，你不可能不绝望。假如不执着于阶级论，对普遍人性有更深的领悟，我应该可以设身处地，对电影里、舞台上的一些反派角色也给予"同情的理解"，《红灯记》里的鸠山、《烈火中永生》的徐某何以在对李玉和、许云峰威逼利诱全落空之后气急败坏又无可奈何呢？他们绝望了！我应该能体味到他们的深深的挫败感的。

那一次关于告发与反告发的交锋以我最后的嘴硬告终，我恨恨地道："你去告！你去告！！——害怕我是小狗！"用刚学到的一个成语，这是典型的"色厉内荏"。嘴硬完了之后，便长久地陷入大祸将临的惶恐之中，心如死灰地等待着达摩克利斯之剑的落下，有一种末日感。

三

出乎意料的是，几天过去，悬剑并未落下。那几天一直是冷战状态，课上课下，二人不交一语，有时偷看她几眼,从表情上也读不出任何我需要的信息。也是合当有事,那一阵我刚从父母房间柜里一个隐秘角落翻出了一套《西游记》,急煎煎地要看下去。这书不是《红楼梦》,大人不是不许看,只是规定放假才让看。可我要看孙悟空如何降妖伏怪,哪里等得及?!简直是刻不容缓。就带到学校,几天风平浪静,"欲知下回分解"的急切愿望让我对形势做出了错误的判断,以为告发不过是恫吓,事情已经过去了。便又故态复萌。她又有过警告的,但是现在我不当回事了,权当"狼来了"的拙劣表演。

灾难往往是在意想不到的时候降临。有一天"小白鞋"的神情有点异样,也说不清哪儿不对(除了发出警告的那一次之外,我们没说过话,她警告无效之后一副赌气的模样,我则故意报以满脸的不在乎,带有挑衅的意味)。放学收拾书包的当儿,她脸看着别处像是对空气说:"我已经告诉老师了。"而后不等我做出任何反应就出了教室。我站在那里脑子轰的一声之后继以一片空白。

不知道是怎么被叫到教师办公室的。总之,书被没收,到现在还记得,是中册;被勒令写检查,不少于五百字;以小组为单位办我的学习班,检查在学习班通过之后要当着全班人宣读。后面几项其实不打紧,"斗私批修","狠斗私字一闪念",谁没做过检查呀?我不过是"规格"

高一点罢了。书被没收对我来说则近乎灭顶之灾,我不敢想象爸爸发现书籍被盗我又交不出来,他会怎么收拾我。

恐惧部分地转化为愤怒。尽管为了过关,我在检查里狂贬自己,说"自由散漫的坏思想根深蒂固","一直没有意识到问题的严重性",云云,学习班上还做沉痛状。私下里(即课间、放学回家路上等非正式场合)却语带威胁地放话:"哪个'二报'的,我心里有数!别以为我不知道!走着瞧!"当然,都是挑"小白鞋"在场的时候,——就是说给她听的。也是急火攻心,不计后果了,倘她将这一类赤裸裸的报复暗示再告诉老师,那就罪加一等,检讨前功尽弃不说,肯定还将面临更严厉的惩罚。

幸而这样的事没有发生。同学间差不多都知道我指的是谁,一时之间,我在"民间"对她似乎取得了某种道德优势,甚至有几分故意的趾高气扬,她则有点被孤立了。

严格地说,那不能叫"告密"。"告密"应该是在被告者毫无防备的情况下暗中进行,她是事先再三明言的。此外,我那时在班上以"敢于同坏人坏事做面对面的斗争"著称,其中一项,便是揭发过不少同学(虽然也时常揭发自己),只是均非单独汇报给老师,是在众同学面前,比如小组会,全班的"批判会"。我不知道人家怎样看待我的揭发,在我自己,潜意识里是觉得与"二报"有别,——"二报"是我们用以描述打小报告行为的专门术语,喜欢打小报告的人称作"二报大队长"。"二报"总是诉诸权威,在我们就是家长、老师,破坏了公平游戏的规则,因此在同学间大体上是受到鄙夷的。

无论如何,"小白鞋"在某种程度上成了"丧失名誉的人",在我面前就更抬不起头来。事实上在我制造舆论、施加压力之前,她或者已经隐隐地有一种负罪感,告发的第二天曾主动和我搭话,没头没尾地说,"是你自己不听我劝的——",是在解释她的行为,可以理解为"不能怨我"的辩护,其实也有歉疚之意在里面。但这是很久以后才悟到的,当时根本理会不到,我根本不搭理,仅将头扭向别处,报以鼻孔里喷出的冷气。

这以后好像还有过示好的其他表示,比如考试我发现找不到橡皮,她不声不响将自己的用胳膊肘推到我这边,办我学习班她不大吭声,非要说的时候引用的都是"惩前毖后,治病救人","犯了错误,只要改正了,就是好同志"一类的语录,此外还曾在我铅笔盒里放过一张纸条:"听老师讲的,书以后会还给你。"但我不为所动,越发地居高临下起来。待班上一面倒的舆论形成,她脸上显出日益明显的委屈神情,像受气包一样。直到有一天,压抑着的一团委屈终于爆发出来。

那天恰轮到我所在的小组值日,卫生打扫完毕,不知为何只剩下我和她两个人,教室里一下就有一种冷战的紧张气氛,我提了书包准备回家,从两行桌间走过时故意摔摔打打,弄得乒乓乱响,快出门时忽然就听到身后她喊:"都怪我!行了吧?!"待转过身,就见她一屁股坐下去,伏在桌上呜呜地哭起来。我马上觉得有一种闯祸感当头罩下来,傻了。她哭一阵抬起头来,满脸红涨,眼泪打湿的头发粘在面颊上,一副梨花带雨、我见犹怜的模样。"你还要怎么样?!"她抹着泪质问我。我什么也没说,回过神来就溜了。

怜香惜玉的念头是根本没有的,我还因自己的惶恐生自己的气——弄得像我亏欠她似的。虽如此,她这一哭,却让我和她在"告密"事件中所处的位置陡然发生逆转,片刻之间,主客易位,我积蓄起来的心理优势冰消瓦解,化为乌有。

四

自此以后,"小白鞋"仿佛从幽怨中升华出横了心的坚定,忽地有了一股子凛然之气。不独不再对我赔小心,甚至正眼也不看我了。相反，我没了嚣张的气焰，因莫名其妙的闯祸感而变得莫名其妙地心虚，总之在她面前一点点矮下去，乃至违背自己的意志，开始有些讨好的举动。

讨好行动如何由隐而显，迅速升级，从带有自找台阶下的不情不愿到再顾不得脸面的挖空心思的奉承，记不大清了。反正也就是几天之内的事。这当中还夹着老师终将没收的书发还。后来我知道她又找老师打过小报告，不过这次是说我一个时期以来自觉遵守纪律，再无逾矩之事。现在想来，这报告对老师最后的从轻发落未必是决定性的，但我把所有的感激都给了她。

在我的曲意逢迎面前，她最初的表现是越发的矜持，但对男性而言，女性这种混合着委屈的高傲往往是最具杀伤力的，至少我根本没办法抵挡。其后，在我越来越甘于做低伏小的攻势面前，她的态度一点点松动。良性互动之下，某次不知怎么我终于说了这么句话："行啦，行啦，——就算我不好，还不行吗？"就见笑意在她的脸上像投进了石子的湖面，止不住地荡漾开来，最后忍不住，扑哧一声笑出来。彼时彼地，我的心情用"心花怒放"来形容，没半点夸张。

尽释前嫌的轻松可能是双方的，这对二人建立新的睦邻友好关系十分有利。也的确变得很和谐，甚至不止于和

"小白鞋"

谐。所谓"一帮一",到这时算是真正开始,有些帮助是外人无从分享的,至于是不是"一对红",就很难说。我主动地把语文作业的答案给她看,她则时常告诉我数学作业某题某题做错了。她还帮我削过铅笔。有次课间我照例与一帮男生在教室外面疯,再上课时发现铅笔盒里上节课用力过猛折断了的铅笔重新削好了。记性再差我也知道不是我自己削的:我削的笔总是很毛糙,在家常被讥为"狗啃的",这笔则削得极光滑,笔尖极细。我问,你削的?她不看我也不搭腔,只抿了嘴笑,不看她我也能感觉到她的笑意。我不知道用当时课文里或报纸上常见的句子(比如"一股暖流涌上心头"之类)形容当时的心情,是否合适,异样的感觉是有一点的。

我的违纪行为明显地减少,极少交头接耳,也极少看课外书。可以把这看作"小白鞋"对我的有益影响,另一方面,老师肯定不愿看到的是,她在我带动下开始与我传起了纸条。

据说几十年过去,传纸条的把戏到现在在中小学生间还是很盛行,我女儿的书包里就常能掏出成把的纸条,说起来兴奋无比。这是被拘在课堂上的学生为自己开辟的自由空间,半地下半公开,"地下"是要瞒过老师,"公开"是不瞒同学。大体上是男生与男生,女生与女生之间传,偶有交叉，也绝对地"公开性"。若是一男生一女生之间进行，情况就有点蹊跷，被人知晓了，注定会成为同学间大肆炒作的"绯闻"题材。我和"小白鞋"之间能够持续频繁地传来传去，且最终也未遭到曝光的噩运，还是因为有同桌的便利，此外她不像前述两位大眼睛那样引人注目，早已"绯"声四起，也就较易掩人耳目。

事实上我们的纸条上没什么"见不得人"的内容，百分之百"言不及义"（自己也不知道有什么"义"），其鸡零狗碎、没话找话的性质倒真是"不足为外人道"，因为看上去不具有任何"意义"："你爸爸凶不凶？""不凶，他从来就没骂过我。""《卖花姑娘》看过了吗？""还没有，今天晚上就看。""你会自己洗手帕、洗袜子？""当然会，不难的。""放学回家干什么？""今天肯定要叫我剥毛豆了，倒霉！"……诸如此类。但是似乎在共享一个"天知地知你知我知"的天大秘密，我乐此不疲。而且有一种莫名的满足感，我想她也一样吧？课间在外面疯得忘掉一切，上课铃响起走进教室的当儿，我会忽然期待打开铅笔盒，里面会有一张纸条。当然更多的时候纸条的交接是在桌肚里进行。"说"什么是次要的，关键是"说"这行为的本身。

"白纸黑字"的"说"有一种延时效果，回到家还可翻出来看，甚至可以有睹物思人的功能。她的字迹很纤巧，笔画极细，一看就是女孩写的。有时候在家无聊，会忽想到，这时她在干什么，也许正在洗手帕？便有画面出现，脸盆，很多的肥皂沫，她一脸很专注的表情。她家是什么样的，却怎么也想象不出来。这么一想便心里满满幸福外溢，有一种不知想干什么是好的感觉，虽然这样的时候并不多。

无论如何，这于我是一种新的经验，与两位大眼睛之间那种打打闹闹的交流很不一样。与大眼睛们在一起更"斗志昂扬"，更容易兴奋，但兴奋来得快也去得快，大体上"眼不见"就"心不烦"。与"小白鞋"的交流于我则更是沁人心脾式的，要说兴奋也别是一种，我不知道这与她较安静是否有关。当然，交流的私密也有一种刺激性。

我甚至忽然发现她长得很漂亮，不是招摇出挑的那一种，却另有一种吸引力。此前我的视线都被前述两位大眼睛拴住了，没留意过她，甚至说不清她长什么样。比如就不知道她脸上有粒痣。有这痣衬着，那张脸愈显白皙。眼睛不很大，长长的弯弯的，笑起来有一种妩媚，鼻子、嘴巴都长得安安静静，还有长长的脖子……别以为那时我已经具备了如此细致的分解能力，这些都是很久以后对记忆的澄清，当时只是一团朦胧的美好，甚至不好称作"漂亮"。

要说也还有清晰的部分，那应该是耳朵吧？

被同学看出你盯着某个女生看，是很丢人的事，所以除非特别的情形，只能是偷看。上课时自然更是如此。我常用眼睛的余光扫到她的脸，从侧面看，所见最清晰最完整的便是她靠我这一侧的那只耳朵。那时都兴梳辫子，她常有些发丝覆在耳上，但并不让人产生乱头粗服的感觉，分花拂柳地，倒更衬出耳朵的白皙和玲珑。光线从这边射过来的时候，可以看见耳廓上一圈细细的茸毛，有时候，真想伸手去摸一下。当然，这样的轻举妄动，并没有真正发生。

我不知道，是不是从这时起，在我身上，对女性的审美已经开始有了些微妙的变化，不能说从此以后，主流的"美女"即对我再无吸引力，不过至少，没有一双"炯炯有神"的大眼睛，似乎也可以是美丽的。

五

可惜像人生的许多其他事情一样，好日子总是长不了。没过多久，我和"小白鞋"被分开了，不再是同座。

并非班主任觉察到两人之间的小秘密，欲加隔离而采取针对性措施。不是的，是全班范围的大调整，性质近乎林彪事件后从八大军区司令员的调动中得的灵感。但对我而言，天底下最糟糕的事情恐怕莫过于此了。

比为"棒打鸳鸯"是不合适的，因为我和"小白鞋"之间甚至说不上是男女朋友。问题是，不再同桌，我们的特殊交流便难以为继。我开始加入到起哄喊"小白鞋"的男生堆里，遇男女生之间掐架，而她在其中，我会特别的起劲，她通常并不是挑头的，我会很突兀地把战火引到她身上，好像要找她单挑的架势。但是，"曾经沧海难为水"，有过传纸条那样更高阶的交往方式，众人眼前这样"骂"几声，得到"无聊""不要脸"的简单回应，已是太不过瘾。

糟糕就糟糕在，连这样的机会也少而又少，因她并不属女生中的好战分子。"一帮一，一对红"的对子也拆了，我们没有什么理由再有接触。她家离我家不远，而我从来没想到过到她家去找她玩。倘在现在的通信条件下，没准早就短信来短信去，或是在网上开聊了，那时没有，也就无从想象。我只知道自己往她家对面一大院里跑、找人玩的频率大大增加，下意识里是希望恰好遇见她，或者她家门开着，能看见她在里面做作业。可惜巧遇的事情一次也没发生。她家住一幢二层红砖楼的底层，门是对着小院天井的，窗户则临着街。门总是关着，窗户大都下着窗帘。有次发现窗帘开着，我特地走到街那边去，装作搜寻蛐蛐的样子挨到墙根下，站起时好像不经意地朝里张了一眼，里面黑，加上慌张，什么也没看见。

唯一的一次看见她不属"巧遇"的范畴，因为她并没有看见我。那次她是和另一女孩在她家街边空地上跳牛皮筋，牛皮筋系在人行道的两棵柳树之间，她穿着小白鞋，轻盈地跳着，两条小辫一飞一飞，一边跳一边唱："十二岁的小铃铛，/战斗英雄黄继光。/黄继光，邱少云，/你们牺牲为革命……"踏歌而跳。我想引起她注意，跟同行的男孩讲着话突然提高了嗓门，奈何人家跳得太专注了，根本没理会。

倘若听到了，又能怎样呢？也就是往这边看我一眼吧？肯定不会说话：身边都有人哩。而且对"骂"，喊绰号是一事；讲话，又不是在班上，性质就变了。我在学校里和她当然讲过话，惜乎不具半点私人性，所以唯有几次目光的交流还记得，我可以肯定，那是一对一的交流。在不被外人察觉的情况下看对方几眼，一定是佯作朝对方的位置扫过去，仿佛无意间扫到，目光极短暂地停留，之后迅即挪开。

简直就是电光火石的一瞬。隔空相遇而有对视,概率实在不高。但有那么几次,我们的确捕捉到了对方的目光。"小白鞋"比我更灵动、更自如,那一瞥肯定是给我的,却一点不留痕迹,我的目光就比较呆滞,总在她脸上有那么一会儿定格,幸而没人逮住过。有次课间,她和几个女生在议论《英雄儿女》,她似不经意地往我们男生这边扫了一眼,嘴里则在对同伴说:"……比《铁道卫士》《打击侵略者》好看多了。"声音有点大,我认定那是讲给我听的,因为同桌时曾告她我喜欢《打击侵略者》,看过三遍。

我们一伙男生正在说什么别的事情,肯定与电影无关,我很突兀地转换话题道:"《英雄儿女》里面的歌记得吗?——就是好听!"没什么人搭理我,她那边倒又抛过来迅捷的一瞥,这一瞥我是全心全意、结结实实地接着了。真正就是一瞬之间,就觉她眼角眉梢都是笑意。小说书里常说什么"会说话的眼睛",那一刻我看她眼里就全是话。至少有一点相信不会读错的:她喜欢我。

这一点让我接下来有点兴奋过度的举动:无缘无故在身边一男生的头上打了一下。男生间开玩笑打打闹闹是常有的事,这动作有个名目,叫"削个头皮",问题是兴过头了,下手没轻没重,而且太过突兀。那男生猝不及防挨了一下，立马不干了，直眉瞪眼上来揍我，若是别的场合，我也许会退让，会解释，那一次也许是意识到她就在一边，怎么也不能塌了架子吧？竟口口声声嚷着"就打你，怎么啦?!"便跟人家打起来，直到老师进来。

作为惩罚，两个人被叫到黑板前罚站。老师只管照上他的课。没想到罚站倒可以是四目相对的好机会，至少她可以明目张胆地看我。不同于课间匆匆的一瞥，她的目光再无游移地停在了我这里，反正别人会以为她在看老师，看黑板。她冲我皱了皱眉，还微微摇了摇头，当然是表示不以为然，好像还有闹不清怎么会这样，为我担心等许多意思。我在前面，没她那样的自由，对视一下就移开，朝天花板翻眼，表示满不在乎。

我相信她和我之间目光的对接大有意思，不是没有根据的，至少毕业前夕一次意外的机缘让我坚信这一点。

那天放学似乎就比较迟，课后的活动完了之后，已是黄昏时分，我和她之外，人都走光了。照规矩，放了学我们都是排队回家，同路的排成一路纵队，到了家门口的人离队自去。遇有小组活动或个别事件，"集体"已然分流，不成阵势，自然免去列队一说。这天我和"小白鞋"同路往家走，是并排一起走的，一男一女，与三两男同学打打闹闹回家比起来，别是一番滋味。

上小学之前,单独与某个女孩一起玩或一路同行之事似乎是有过的。但那是真正"两小无猜"的阶段,小学念下来,此时"无猜"已然变作"有猜"了,一边走,一边就有几分不自在,好像当真"孤男寡女"起来。下意识地,两人都注意保持距离,中间留有足够再站两人的空间。我想这是担心路上被同学撞见,第二天必被编派,——其实却是多余,因为当真如此,走得近或隔得远,结果是一样的。此外我还盼着天快快黑下来,有暮色的掩护,多少增加点安全感,少去几分"众目睽睽"的意味。

单独在一起,本可放胆多看对方几眼,我们反倒不敢"正视"了。都眼空无物地直望着前面,有一搭没一搭,像是在和别的人说话。当然,眼睛的余光里,对方的存在依然很分明。女孩发育得早,许多都已在蹿个子,原先班上个高的都是男生,到小学毕业时量身高,前十名里,好像只剩下一个男生。我原先也算长得高的,现在"小白鞋"显然高过我,一眼瞟过去,真是亭亭玉立。是冬天,她的棉袄外面罩了件白底蓝点的罩衫,脖子上箍着毛线织的领圈,口罩也挂在脖上,像当时时行的样子,不戴时在胸前位置,第二三粒纽扣之间掖到衣服里面,外面只看到作 V 字形的两道白色的系绳。穿得齐整素净让她更有几分大人相,我惶恐地意识到自己的衣衫不整,尤其是磨破了的袖口，须须拉拉垂下许多长长短短的线头。下意识地捏住那里，似乎这样一来就可掩人耳目，却又断定她全看在眼里了，惶恐之感因此反而加重。不知为何，我觉得她像个姐姐，沉着、稳重。与平时在班上不一样，她这时和我说话，也有几分姐姐的口气，轻言慢语，宽容而温存。我从来没和女生这样说过话，因两人同行而来的异样感越发地浓稠如酒，一面虽然犹自警觉着会不会让人看见，另一面，两人以外的世界仿佛已退到几十丈开外去了。

一路上同行总要有十几分钟，应该说了不少的话，何况走得慢，——也不知是谁先放慢的脚步。但说了些什么却很模糊。最有意义的一条信息还记得：她说很快就要搬家。那些年都是按地段划学区，没有择校一说。搬家后她多半是该进十中，我则是已经定了的，要进四中。也就是说，我们不会再在一起了。这让人很沮丧。我想跟她说，我们写信吧。但分明也知道，这不现实：寄到学校，同一地方，通信显得可疑，没准就给拆了，男女生通信，这还得了？寄到家里同样不安全，父母的"安检"，不拘通信、日记，是很普遍的。其时没有"早恋"一说，从成人到青少年，统称"生活作风"或"思想意识"问题。通信，等于不打自招，后果不堪设想啊。

一路走着，原本就有些恍惚，听她说要搬家，似乎走

"小白鞋"

得更恍惚了。那天的路似乎也特别不经走，没一会儿就到了我的家门口。还有好多话想说，可如果说"孤男寡女"的同行已是有点不寻常，停下来站着一处说话就更找不到任何借口。脚步再慢也是要走到的，话说到哪儿也就戛然而止，"小白鞋"略顿了一顿，便快步往前走，我也穿过马路往家里去，甚至连招呼也没打就分手了，"再见"之类的礼貌用语我们通常也不说的。

我一边过马路一边看她在薄暮中的淡白的背影远去，巴望她忽然回过身来对我说点什么，哪怕说，还有支铅笔你还没还我哩！天遂人愿，她走出一段路后真的转过身来，只是见我正盯着她看，便一下又转过身去，并且以更快的速度往前走，像是在逃离犯罪现场。

当天晚上我一直是一种心不在焉的状态，有几分茫然，有几分惆怅。怎么就这样走散了呢？就像一个刚开了头的故事，忽然没下文了，而且关于"后来"没有一星半点的提示。

也算尾声

大体上可以说，"小白鞋"就这么从我的视线里消失了。我们在不同的中学里读书，好像是平行线，再无交集，不相干了。起初我还存着念，想在路上，或是什么凑巧的场合看见她。也的确有过那么一回，在五台山体育场开全区中学生运动会，好几个学校的学生在当观众，十中和四中的初中生都去了。我去上厕所，半道上看见一伙女生一边吃着零食一边往看台上走，里面就有她。她显然看见我了，只是转瞬之间，目光就移开。事起仓促，我呆了一下，完全没反应。其实有心理准备又能怎样，我也不知道，——虽说多次幻想过与她的不期而遇，却都是止于见到，再往下就是一片空白。

"事"后我一度苦苦琢磨当时目光相遇的那一刻，可惜任是颠来倒去地分析，也拿不准她投来的那一瞥中有什么微言大义。这是初一的事，再往后，她就真正地消失了，不仅是形迹上，也是在意识里。关键是，我有了新的恋慕的对象。与她一度"好上了"留下的唯一痕迹是从她那儿开始的女性审美的启蒙：很长一段时间里，我容易喜欢上的，都是比较文静、安静的女孩。

假如是在写小说，到这里，甚至写到那次同路回家，我就该搁笔了，那算是个不无惆怅，却也还有那么几分抒情性的收梢。既然是纪实，我就该把几十年后的一次相遇也写上，虽说那次的相遇很可能对我来说才是遇上了，"小白鞋"多半一无察觉。

是有次在公共汽车上遇到的。车上人不多,许多空位子,前面有个中年妇女却站着,狠声恶气在训她身边站着的男孩,那男孩正在抽条,比她几乎要高出一头,给训得垂头丧气、蔫头耷脑的。肯定是那女的的儿子了,却待要坐下,女的喝道:"考成这样,还就想着要坐?!"男孩只好依旧站着,嘴里嘟嘟曦曦,显然不服气。我听了好笑,心想这叫什么逻辑?再看那女的,忽觉有点面熟。是谁呢?乘车无聊,坐在那儿使劲想,想不出来。再看时,越发觉得面熟,却还是没头绪。直到她用手捋一下头发,把我的视线引到面颊的一颗痣上。是"小白鞋"?!同座时我最常看在眼里的,便是她的耳朵,耳朵下方的那颗痣因此连带着也看惯了。真是她吗?有这一念,好像纷杂的镜头一时间都涌过来。越看就越像,轮廓都还在,虽然因为在生气,有几分凶相,虽然个子要比我印象中矮得多——那时她比我高的,现在却显得个子那么小——我还是可以肯定,是她,不会错的。

我记得她比我大几个月,那么,也四十好几了。这些年也有那么一两回,听人说起过她,好像大专毕业后到一家工厂,工厂倒闭后又到什么公司搞财会。都没往心里去,也没好奇心多打听点什么。让人兴奋、让人心烦的事都太多了。此时骤然见到,只觉她上上下下都是岁月的痕迹。她脸上的神情很陌生，忽想起她趴在桌上哭，想起我看纸条时她眼里止不住往外溢的笑意，与眼前的她怎么也对不上号，甚至让人恍惚过去的那些事是不是我的臆想。但我知道，那的确是她。

恍惚间，车已到了一站，她带着男孩下去了。是闹市区的大站，许多人在往上涌，车里一下变得拥挤起来。我忽然觉得应该跟她打个招呼，说上几句话的。我甚至有就在这里下车的冲动，虽说这里离我想去的地方尚远。但也就是一念之动，车重新开动时我发现我已想不起她的名字，使劲在记忆里打捞，却如竹篮打水一场空。无奈地摇摇头，有几分自嘲地想，当真上前打招呼，怎么开口？即使是试探性的询问，也总不能说："你是——'小白鞋'？"

车在朝前开，我扭过头朝后看，车站上全是人，慢车道、人行道人头攒动，像是要让"茫茫人海"这个词生动起来，"小白鞋"已找不见了。曾经相识甚至相交很深的人，多年再未谋面的，也多了去了，与"小白鞋"的那点小秘密还是孩提时代的事，也说不上有何触动的。

只是觉得时光如流水，几十年就那么哗哗哗过去了。思之心惊。

"先辈"

几年前学的一点日语忘得差不多了,还记得的日文词中,有一个读如"商巴衣"的,写出来就是"先辈",用的虽是汉字,却不是长辈的意思,同武侠小说中频频出现的"前辈"也不是一回事。我一度以为用较文乎点的说法可以译作"学兄",想想也不是:若有朋友送你一本书,题了"××学兄指正"的字样,他未必就是你的低班同学。

在中文里好像也找不出一个专用于高年级同学的称谓。

提到日本人,我们的联想脱不了电影中的形象。或许是对电影里长官训斥下级时下级并腿立正高声"哈依!哈依!"的场面印象太深的缘故,我想象日本学生面对他们的"先辈",总是揣测有一种上下级的关系存乎其间。恐怕无论哪国,低年级学生对"高班生"总是有一点敬畏、仰慕之情的,虽然也会夹了几分不忿、不服。鲁迅在《朝花夕拾》中记他在雷电学堂时的高年级同学的行状道："上讲堂时挟着一堆厚而且大的洋书，气昂昂地走着，决非只有一本'泼赖妈'和四本《左传》的三班生所敢正视；便是空着手，也一定将肘弯撑开，像一只螃蟹，低一班的在后面总不能走出他之前。"这确是低年级眼中的"高班生"，而不满、不屑亦情见乎辞。

想想小学到中学，我对"高班生"更多的还是敬畏、艳羡。我家楼上住着一家人，女儿高中毕业插队落户去了，某日她的继母命小阿姨将课本练习簿之类清理出来当破烂卖掉。其时我八九岁，在一边乱翻乱看，见小阿姨从贮藏室旮旯里搜罗出的本子摞了齐桌高，想高中生要用掉这许多本子，实在佩服得不行。

正因佩服，反倒不敢亲近。在"高班生"面前，低年级学生颇似林妹妹进大观园，举手投足都怕被笑话，有时怕"高班生"更甚于怕老师，因为老师的"正面教育"总还算留情面，"高班生"笑话你是绝不留情面的。"活学活用"之风大兴的年头，做作文便是写讲用稿，我炮制过一篇洋洋五千言的长文，里面除了最高指示的"旁征博引"之外，还硬嵌入了许多从课本、课外书上搬来的成语。语文老师或许觉得小学三年级学生能写如此长文，用这许多成语，也算不易，把我招到办公室当面嘉许。恰好

"先辈"

她教的两个五年级学生也在场,便把我做榜样,说这小同学如何如何。那两位面露鄙夷之色,个高的那个拿过我的大作随手翻翻,突然觅着了"佳句",朝另一个叫道:"啥哈!他推推板车也要'奋不顾身'!"

此后有很长一段时间,若问我最怕撞见谁,而我又肯说实话,那就是这两个"高班生"了。

高年级学生和低年级学生通常互不来往,低年级学生是不敢高攀,"先辈"则如果和低年级学生"打成一片",十有八九要被同伴看不起,自己也要觉着跌份。不过上中学时我倒是和几个高我好几级的同学有些来往,——当然那种来往是不会危及他们的"先辈"身份的。印象较深的有两位,一个是我的邻居,弟兄三人,他是老二。我们两家都靠着大街,若见有人驾自行车疾驰而来,到这边戛然而止,并不下车,一脚踏了人行道,大喊一声:"二乌鸦!"那就是他的同学在叫他了。我佩服他倒不是因为他高我三个年级,而是能从他处借小说来看。图书馆里能借到的,无非《较量》《虹南作战史》《征途》之类,从"二乌鸦"那里却可以看到《说唐》《说岳》《济公传》。书十有八九是破烂不堪,首尾不全。二乌鸦有一同学的父亲沿街收购旧货,南京人称作"挑高箩的",《济公传》就是从他的一堆废纸里倒腾出来的。也不知是哪个年头的书,比大三十二开的书还大些,纸张像是毛边纸,一页上怕塞下有两千字上下,撑得天地皆满,字挤着字真是"间不容发"。不唯如此,这书还是遭了腰斩的,——不是金圣叹斩《水浒》的"腰斩",是书真的断成了两截,只有书脊还连作一气。要破半天的工夫将其中一页合拢,这才可以将就顺着看下去。

然而这些破书在我却是宝物,看了可以傲示侪辈的。学农劳动间隙,或是上学往返路上,三五人围拢来催促道:"吹一个,吹一个!"那就不由你不得意。"吹"过些什么大都忘了,记得的倒是有一回差点当众出丑。大概是上学的路上,几个人边走边听我"说唐",讲的是好汉们的兵器,左不过"罗成一杆银枪""秦琼一对金装锏""李元霸八百斤一对大锤"之类。"吹"到起劲处兴不可遏,自然就辅之以"创作",说李世民使一根丈八蛇矛,有千斤重。据我想来,雄才大略的唐太宗在武林中也该坐头把交椅才是;至于丈八蛇矛,那是从林冲手里借来的,八十万禁军教头是我心目中的英雄,爱屋及乌,他使的那样兵器也该天下无敌才是。

正说到李世民使矛震飞宇文成都的镏金铛,就听身后渐近的人声有点耳熟,——不是二乌鸦是谁?忽地就住了口,但觉头皮一阵发紧,身上直要出汗。听者不明究竟,连连催道:"讲啊!讲啊!"他们不知我看的《说唐》是从二乌鸦处借来,杜撰之处,他岂有不知?倘他走上来笑道:"这小子全瞎吹。"那我在同伴面前必是"威信扫地"无疑。幸而二乌鸦正与他的一伙说笑得热闹,不一会就见他们超到前面,过去了。唐王和宇文成都的格斗没了下文,无心恋战的不是两个古人,是我。

二乌鸦毕业后下了农村,我和他的书缘断了几年。等到他考上大学,我们再续"前缘",情势已然陡转,我成了借主。其时我已在中文系念书,颇有几册书在手里过往。夏天吃罢晚饭,二乌鸦常赤了大膊踅过这边来,把我们院子的门拍得山响。待开了门,他大刺刺地进来,一边在头里走,一边就发话道:"有好玩的书嘛弄两本看看!"

另一位"先辈"同二乌鸦同班,家就在学校操场的西头,没事常在学校里转悠,自老师到低班学生都认识他。老师、他的同年级学生都叫他小孔,低班生也胡乱跟着这么叫,——虽说不无"僭越"的嫌疑,他倒也不以为忤。小孔长得肩宽背厚,腰粗腿粗胳膊粗,粗黑的头发始终长不到一寸,下巴结结实实,一根鼻子势大力沉。或许这鼻子力道太大,压迫得嘴唇不易掀动,小孔说话瓮声瓮气的,像是有点大舌头。

我和小孔差了好几级,他既非邻居,又不是某个同学的哥哥，论理不会有什么瓜葛的，也不知怎么就算认识了。

初一的暑假，我和几个同学向老师讨了差事，每天晚上到学校的图书馆当看守，校园里有座小山，图书馆就在半山腰上。正是喜好群居的年纪，我们每次都有一两个"编外人员"来入伙。四五个人坐在由山脚通到图书馆的最上面几级石级上，海阔天空，言不及义地神吹。头顶一天星斗，脚下是朦朦胧胧、空空荡荡的操场。更深时分，夜凉如水，人家的灯火渐次熄灭，四周的各种声音渐次沉寂，就觉自己的说话声变响起来，咳嗽一声，传出去老远，打个哈欠也清晰可闻，真如置身空山之中。

有一静必有一动。我们也时常下山去骚扰，小孔家就在校内，也是我们的骚扰对象。几个人裹了大毛巾扮作土匪模样，携了弹弓、弹弓枪去偷袭，一个高喊"小孔，小孔"，待他从家里出来，这边黑暗中一阵齐射，小孔中了弹，便骂道："小狗日的，让我逮到打个半死！"

也就是骂骂。晚上在家闷得慌又无处可去，他时常要来找我们玩。往往是冲了澡之后，肩上搭了块毛巾，哼着样板戏大摇大摆走上山来。到了我们堆里，他自有一种高年级学生在低年级学生面前特有的见多识广、居高临下的派头，当仁不让就做了中心。有天我正抱了本千辛万苦弄来的《契诃夫短篇小说集》在看,小孔又来了。从我手里拿过书去翻看几页,问我:"契诃夫是哪国人?"我说是俄国人。他听了便抛下书,露出看不起的神情。"苏联小说不灵,"他道,"都是跟法国学的,法国小说一等。"我虽还看不出契诃夫的好来,但书前面译者说他是极伟大的。心里就有些不服。小孔却不理会,只自顾自说道:"有个莎士比亚晓得不晓得?写过一本《罗密欧与朱丽叶》,绝对精彩!"于是便讲这故事。我得说他擅长的是旁逸斜出的乱侃,讲故事并不高明。说了几句他便推记不清楚,掉过头来纵论法国小说家。"莎士比亚还不算什么,巴尔扎克更棒。还有更厉害的,知道不知道《茶花女》?——小仲马写的。他老子叫大仲马,《基督山恩仇记》没看过吧?那是没得话说了。"一连串的名字闻所未闻,但他讲得眉飞色舞,我们倒也听得津津有味。

那天晚上小孔神吹到很迟,就在我们那儿睡了。人多,桌子拼成的通铺睡不下,小孔和我们当中一个叫阿五的,一横一竖睡在了借书还书的曲尺形柜台上。我们都还没发育,阿五更生得瘦小,睡在那里更衬出小孔偌大一个身胚。众人渐渐入梦,我大概是最后一个睡着的。小孔瓮声瓮气打着鼾,蚊香隐隐的一点红亮是黯淡的,黑暗中也见不出缭绕的烟缕。迷迷糊糊的我还在想,《基督山恩仇记》或许比《水浒传》《说唐》更有意思吧？

如今教着外国文学史，当年小孔报出的一串作家的名字时常挂在嘴边，那些书也早都看了，自然也就知道，莎士比亚实在要比大仲马、小仲马伟大得多。但我还是忘不了那一次的"文学启蒙"。有次到留在母校的中学同学处串门，说起过去认识的人，他告我小孔现在当着体育教师。一时回想起当年的情景，不禁悬想，要是哪天在大街上恰好撞见，向他提起这段往事，不知他会怎么说。

也许他会说："哪有这回事？"不过更可能的情形是招呼了之后，他要似是而非地想半天："你不就是那谁吗？！"似乎在当时，很熟的样子，他也单认人而不大知道我们姓甚名谁。毕竟，他是"先辈"嘛。

一九九三年十月于南京大学南园

老尹在巴黎

新年将至，忽然想起给老尹发了封电邮祝福新年。并非单纯是出于礼貌，虚情假意更是没有，不过贺年之外，我更想得他一个回音，借此知道一点他的近况——在法国结识的友人当中，最让我经常想起的，就数老尹了。这当然与酒有关，喝了他至少一打好酒不说，关于法国葡萄酒的"理论"知识，我差不多全是从他那儿得来的。但想起他也不全是因为酒，还为什么，一时也想不清，想不清的时候，酒无疑是最直接最显豁最容易举出的理由。

老尹的回复迟迟不来。天天开邮箱，邮件不少，就是没他的。最后信息来了，却是远兜远转得来的：他离婚了。这事说不上意外，几个月前他就说，离是肯定的。事实上他的生活早已另起段落，可听说离了，似乎还是有那么几分——怎么说呢，算是"感慨"吧？

去法国教书前，已从几位前任口中听说过老尹其人。我印象尤深的是两点，一是他娶了位法国太太，而且据说那是二十世纪八十年代对外开放后大陆的第二桩涉外婚姻，当时闹出不小的动静；二是他存了不少葡萄酒，在他那儿准能喝上好的。此外还有一个评价：老尹是个淡泊名利的人，什么都不在乎。好酒诱人，人有意思，经历不一般，加在一起，足以让人产生结识的冲动，何况是在异国他乡，言语不通之地。我甚至听从同事的建议，千里迢迢背了瓶二锅头去投其所好，下意识里恐怕也有抛砖引玉，勾出他好酒的意思。

两位同事的描述，在与老尹有了交往之后不久差不多都验证了。他的那桩跨国婚姻其实是无待验证的，糟糕的是，如果说是一段佳话，那也是过去时，我验证的恰是尾声的尾声。盖因我赴法之时，老尹夫妻间已然情感破裂，并且决定性的时刻已过，老尹准备卷铺盖走人了。

这些都是后来知道的，当时却是不明就里。这就让我和老尹的第一次见面弄得很尴尬。

我和老尹是在大街上不期而遇。阿拉斯这小地方没几张中国面孔，可若不是引我购物的学生喊一声"尹老师"，我决然想不到眼前的这位就是同事口中的老尹。我是随了几位前任呼"老尹"的，看上去老尹却一点不老，五十的人，也就四十来岁的样子。也许是被"名士"二字误导了，我想象中的"名士"纵使不都有侃侃而谈的修为，大多也是不修边幅、落拓不羁的，老尹却是衣着光鲜，脚上是锃亮的尖头皮鞋，身上是件颇入时的紫红色短呢大衣，二八开的分头梳得一丝不乱，项上一条明黄色的真丝围脖，更有几分扎眼。这是哪一路的"名士"？分明是一小开或是公子哥儿嘛！

更让我受不了的是他的神情，听着我的自我介绍，他的脸上除了冷淡还是冷淡，令我怀疑自己是否热情得太洋溢了。他好像只是在应付我，语气说不上是傲慢还是玩世不恭。他告诉我后天就要回国，此外总算出于礼貌，问了几句我到法国后的情况。问他何时回来，说是不回来了。我暗自诧异，家在这里，两个女儿在这里，怎么就不回了呢？见他显然没有解释的意思，也就不问。不到五分钟，已经无话可说。我想起那瓶二锅头，便道："还带了瓶酒想一块喝一顿哩。"他回说："现在还喝个什么劲哪。"再寒暄几句，就分手了。走了几步，老尹追上来叫住我，大概是意识到刚才过于冷淡，想多少有所弥补吧，"要是有兴趣明天就来喝一回吧"。语气还是不冷不热。我因受了冷遇，要矜持一把，便说看明天有没空吧，再打电话联系。

第二天我果然打了个电话，推说有事，不去了。还说了一通一路顺风，日后在国内说不定能聚上之类的客套话。放下电话后便颇有几分郁闷：期待中的交往，还没开始，倒已经结束了。

老尹是辽宁铁岭人，父母在当地是有些头脸的，"文革"中当然受到不大不小的冲击，他也跟着倒了不大不小的霉。小学、中学、插队，再作为工农兵学员上大学，老尹的经历与一九五〇年代出生的许多同龄人没多大差别，至少外人眼里是如此。若说他的经历有何不寻常处，那就是他的"涉外婚姻"。与外国人通婚如今已是稀松平常，"涉外婚姻"一词曾经隐含着的严重性也已消弭于无形了，但在二十世纪八十年代初，嫁或娶个洋人，甚至可以演成举国皆知的事件。记得有位叫作李爽的女子嫁了洋人，就在各大媒体上沸沸扬扬了好一阵子。老尹的婚事在他就读的辽宁大学也称得上是一场风波。

风波的女主角是法国女子玛丽安，一九八〇年代大陆开放后第一批来华留学生中的一个。玛丽安为何选中了辽宁大学，老尹后来好像说起过，但我记不清了。反正老尹与玛丽安成了同学。由同学而恋人，契机是当时的留学生陪住"制度"：留学生与中国学生同住同修，挤八人一间的集体宿舍当然是不可能的，有单独的留学生楼；但也不能放任自流，每个留学生都与一个中国学生同住，彼此叫作"同屋"，老尹当然不是玛丽安的"同屋"，不过与一位澳大利亚学生共室，与玛丽安则有同楼之谊。安排中国学生同住，未始没有"掺沙子"的意思，虽然中国学生未必如一些留学生揣测的那样，入住的同时一一领受了"监视"的使命，但交往之际得拿捏住分寸，却是不言而喻。我也曾有过当"陪住"的经历，同屋是个日本人。某日喝了点酒后一同去打乒乓球，也是有点酒意了，走在过道里，拿球拍作了驳壳枪，顶着同屋的腰眼喝道："小鬼子，给我举起手来。"同屋是玩笑惯了的，便高举双手做投降状。此事恰被外办一个官员看到，过后便郑重地找到我告诉我不可如此——"影响不好"。有道是"外交无小事"，这等细节都须严肃对待，与老外谈恋爱当然更是万万不可。

老尹是如何被玛丽安拉下水的，可以按下不表，反正是玛丽安主动。说"拉下水"其实有点不确，因为玛丽安思想左倾，是法共党员，来华留学很大程度上是出于对红色中国的向往。但是同其他欧美留学生一样，在谈恋爱的问题上，彻头彻尾的"自由化"。其时老尹其他方面自由化到什么程度，说不清，恋爱上则真是大胆得可以。起先总也有些地下活动的性质吧，最后竟至于公然要论婚嫁。当时的情况下，校方当然要干涉，可能还要调查，因为恋爱，老尹成了可疑人物。劝阻、施压，都是题中应有之义。压力差不多都在老尹这边，玛丽安是法国人，总不能找老外做什么"思想工作",而且曲里拐弯的中国式革命道理,老外哪里能拎得清,就算她是个左派?

学校而外,压力还来自家庭。这方面的压力,也还是老尹独个担着。西方信奉个人自由,家长对子女的婚恋几乎是撒手不管,就是反对也只能干瞪眼。不是没有例外,我认识的一个法国女孩就告诉我她母亲不喜她的现任男友,有一次情急之下甚至威胁说要杀了她。但这是特例,而且最后肯定还是反对无效。玛丽安出身知识分子家庭,本人又是经过一九六八年洗礼,脑后生着反骨的人,不要说家里人对她的选择不会干涉,即便干涉,也不可能有结果。而她的反抗一定是理直气壮的,不会有什么犹疑,也不会因违拗父母的意愿而生出负疚之意。老尹就不同了,生在中国,婚恋怎么着也不能是你自己的事。

老尹要与洋人结婚,对家里来说不啻晴天霹雳,除了对洋媳妇一般性的排斥之外,还要考虑"涉外婚姻"可能给家庭带来的不良影响。比如,他父亲的仕途会不会因此蒙上阴影?这并非杞人忧天,父亲是否受到儿子的牵连记不清了,不过记得老尹说过,他弟弟真还在分配工作时因哥哥新建立的海外关系受了点不大不小的影响。可以想见,老尹那时被各种角度进言的人包围,苦口婆心,动之以情,晓之以理,而且舆论一律都是劝他悬崖勒马。《伤逝》里面对家庭社会压力的子君昂首宣言："我是我自己的！"我很好奇老尹当时是否也取了子君式凛然不可犯的姿态，可惜后来一直没机会求证。我敢肯定的是，以老尹的为人，绝不会是权衡利弊、深思熟虑后做出的决断。不管怎么说，结果是清楚的：老尹在一片反对声中跟着玛丽安到法国做女婿去了——听上去就像一出男人版的"娜拉出走"。

我关于老尹"出走"方式的揣测是有根据的，根据就是我所知道的那次"出走"，这一回他是出离法国的家回中国去了。老尹和在阿拉斯的同胞接触不多，老尹而外，这里的中国人都是从国内过来开店或是打工的，与老尹各有各的生活圈子，他们眼中的老尹两眼向天，不大容易接近，为何"出走"，老尹当然不会说。不过小城就那么大，情况多少知道一些，他不说，旁人总可以猜。开皮包店的竹英和开外卖店的叶老板都推断，老尹肯定是家里闹了矛盾，要和玛丽安掰了，因为他们早就影影绰绰地风闻二人琴瑟不谐。老尹"出走"后没几天，有次到叶老板店里串门，叶老板告诉我一条新得来的消息：老尹回国前卖掉了汽车，而且把工作也给辞了。辞了工作？看来他真是要一去不回了，中国人在法国找到一个铁饭碗可不是容易的事，老尹在一所中学教书已经十多年，工资不高，但收入稳定,这样的位子,在法国瞄着的人不算少。就算是夫妻不和,分居、离婚,均无不可,干嘛辞职?叶老板于是分析说,老尹必是已在国内找好下家了。他有个弟弟在深圳做外贸,许是入伙去了吧?

出人意料的是,大约过了两个多月吧,听说老尹又回来了,先是有人在巴黎碰上,后来便在阿拉斯露面了,而且还是住在家里。

我对老尹的归来很是好奇,但因上回自觉碰了钉子,不大好意思找上门去做不速之客,何况知道他家正处在非常时期。巧的是,有位对中国特有感情的法国老太太请老尹一家吃饭,我也在被邀之列。这次遇上,与前一回自然不同,老尹对主人彬彬有礼,对我则很随意,像是已

玛丽安在南京中山陵

老尹在巴黎　91

经熟识的,说话带着几分嘲讽,似乎那就是他的说话方式,里面有种不在乎,也有几分自嘲。玛丽安看上去比他年岁大,甚至显得苍老,鬓上已见几丝白发,而她毫不修饰遮掩,地道的素面朝天,衣着也随便马虎得法国女人中少见,蹬了双布鞋就来赴席,与老尹的讲究恰成对照。席间老尹谈笑风生,看不出颓丧的样子,玛丽安话少些,对老尹时有应和,竟是有几分夫唱妇随的味道。这哪像在闹离婚呢?也许是危机过去,雨过天晴了吧?

过几天老尹夫妇回请,我叨光,仍有一份。老尹当厨,做了一桌中国菜,像模像样,水平端在我的两位中国女同事之上。我不免赞了几句,老尹摇头道:"还行吧,现在也就只能这样了。"言下大有不胜今昔之意。我想他是说,没过去那份心情了,后来才知道,那也是说,没法像过去那样讲究了,因为老尹没了工作,家中正当供两个女儿读大学之时,骤然少了一份收入,生活上不得不处处克扣。

家中陈设当然还是旧时的样子,墙上挂着油画、国画,还有老尹的字,案上搁着许多中国摆设,有几分惹眼的是一口玻璃橱,里面全是葡萄酒杯。看得出来,他们是颇讲情调的。又不知为何,我觉得到处是老尹的印记,玛丽安的印记倒不分明。席上也是老尹唱主角,法语中文交替着用，玛丽安有时望着他，眼神里有欣赏，有包容，竟有几分长姐对弱弟的态度。老尹替玛丽安斟酒布菜，殷殷相问，辞色间也甚是体贴。我只能用"相敬如宾"来描述二人给我的印象，事实上直到老尹多次告诉我实情之后，这印象也没改变过。

那晚上说了不少话，我初到法国，语言不通，逮着老尹，正有无数的问题要问，但碍着人多，我最急煎煎想问的问题却问不出口。又过几天，我才有机会迂回到"主题"上。还是在他家，晚上十点多了，我和他们夫妇俩在客厅里聊着天，已喝下一瓶干白，半瓶干红。玛丽安第二天有课，先去睡了。老尹问是否再来一瓶，又道，下酒窖去喝罢，别吵着玛丽安。这于我当然是正中下怀。到酒窖我着实吓了一跳，四壁全码着一瓶瓶酒，有的是整箱整箱的，还没开封；一九八五年以后的，差不多哪个年份的都有，怕是有上千瓶。老尹告诉我，这都是从法国各地的酒庄里搜罗来的。每年新酒上市之际，他都要与有同好者开了车到各处酒窖去品酒，买上一些，有些酒庄更会发帖子来邀。"现在这些都说不上了。"老尹说，言下不无惆怅，却也听不出感伤。

老尹摸摸这，摸摸那，最后挑出一瓶一九八七年勃艮第产的干红，给我倒了，也给自己倒上，且不说话，两指夹了高脚酒杯的细腿在几上轻轻转了转，而后端起迎着灯细察酒色，又将酒杯微倾放到鼻前闻闻，慢慢啜了一口，停了片刻方才说道："这酒还行。"却又摇摇头说："有些可惜了，该一小时前打开让味道出来的。"我还没见过喝葡萄酒这般"如承大事"的，顿觉过去喝过的都算是白喝了。我对他说起在另一朋友处也喝过好酒，那人还是品酒协会的，不过他这里的酒似乎更好，老尹似矜持又似体谅地说："那也是没办法，住公寓没地窖，有好酒也存不住。"说了这话眼睛又四下打量了一圈，摇摇头："我这也是有去的，无来的，喝一瓶少一瓶了。"但他并无吝惜的意思，待一瓶喝完，又开了一瓶。那晚上，直喝到凌晨五点。

喝葡萄酒，我根本不是老尹的对手，论酒量不见得就输于他，但他久居法国，中国式的豪饮怕是已经隔教了。他不时告诉我各种酒的妙处，某产地的"热烈"，某产地的"贞静"，又或"空灵""敦厚""飘逸"，像是把钟嵘品诗的法子移来论酒了。我的反应实在平庸，肯定令他没有棋逢对手的快感。不过老尹大概觉得我当个聊天对象还算够格，而对他的"隐私"也没有保护意识，没准还想要说说，但也不想多说，可能是因为觉得说多了也没意思。于是我便在这欲说还休、欲休还说之间，对他的情形知道了一个大概。

他的"出走"确是因为婚姻危机，但我的其他猜测大错特错：他压根没找好什么"下家"，国内的亲朋甚至对他回国的原因也不甚了了。多年的婚姻一旦破裂，他觉得什么都没意思了，在法国待着也无趣。回国干什么，想也没想。后来他对我说，随便教点书什么的，"总能混碗饭吃吧？"我不知道那是不是事后的"追认"。来法二十多年，连根拔起，说走就走，要说是负气"出走"，这口气真够冲的。就凭他奔五十的人还发这"少年狂"，我就觉得有意思。其实老尹的"狂"还不止这一端，后来我知道，说他"连根拔起"至少在有一点上是不准确的：他根本没入法籍。对中国人，得一本法国护照须费尽周折，在他却是唾手可得之事，但他愣是没入。我在别处也曾遇到不肯放弃中国国籍的人，大都是为了来去方便，老尹则很少回国。入籍的好处是明摆着的，找工作方便，还有法国的高福利，一本护照在手，全都有了。就是出国旅行也方便些，老尹显然将这些实际的考虑一概视为俗气，想也不想。我问老尹干嘛不入籍，老尹脖子一梗道："干嘛要入？"

要说他不喜欢法国也就罢了，可他喜欢。从这里的自由平等到浪漫情调到舒缓的生活节奏，甚至饮食习惯，他都喜欢。大多数中国人要在此生根须经历的种种艰辛，他都没尝过，对黄种人的歧视，他也没怎么领略。他来得早，又非打工一族，物以稀为贵，初到法国还颇受礼遇；娶的是法国太太，较他人又更容易融入法国人的生活。说起法国的好来，老尹一套一套的，但毫无许多准"海外华人"据以骄人的那份矫情，那赞赏是由衷的。相反，说到国内的情形，他倒有一肚皮的不满，看不惯的事儿太多，他给了一例，是去年母亲大病他回去探视，在医院里发现想换个病房对护士也得说半天好话，他差点就发作起来。我心想那算什么，太寻常了。老尹讲起来却仍有几分愤然，并且上纲上线，说这么低三下四地说话，让人很没"尊严"。"在法国哪有这样的呢？"他说。

国内浮躁的气氛也让他受不了，人人急吼吼地想发财，他在法国可以平静地当他的中学老师，优游度日，想象不出在国内能有这份太平。此番"出走"，在国内待得时间长了，他越发觉着格格不入。回到法国，一方面固然是割舍不下这个家，另一方面，很大程度上也是因为对国内生活的隔膜，自己也没什么前景。"其实待哪都一样。"老尹不在乎地说。当初来法国时莫名的兴奋和期待已是恍若隔世，他虽是一副无所谓的神情，我却可以感到他心底里的落寞。这一回的归去来也许没有走时的冲动了，但可以想见，此中的挫败感虽不像闹离婚那么尖锐，却一样地难以吞咽。玛丽安和女儿会如何看待他冲冠一怒后的铩羽而归？辞了工作，现在生活还得仰赖玛丽安，老尹这么个要脸面的人不会不想。饶是如此，他还是回来了。

老尹回来后在巴黎一家东方博物馆找了份临时差事，聊以糊口。租了间房子住在巴黎，隔很长时间才回来一趟。每逢他回阿拉斯，我便去找他聊天。每每是喝着酒，海阔天空言不及义地穷聊，聊中国的现状，聊法国的左派，聊书，谈旅游，谈葡萄酒……可有个话题总是绕不过去的，还是他的婚姻。其实也不用猜了，离婚当然是玛丽安提出的，我想知道的是，为什么会走到这一步？第三者插足？文化差异？兴趣各别？性格相犯？政见不同？老尹都说不是。最后一条这年头听来可笑，但玛丽安是有一九六八年"红五月"情结的人，老尹则属知青一代，两个人当真常在家里谈论国家大事，只是在这上面二人大体是一致的。

那么是钱的问题了？这上面还真有点不平衡，同是中学教师，玛丽安因为通过了一种很难的国家考试，工资就高得多，几乎是老尹的两倍。可这两位都不是以钱取人的，玛丽安并不因此看低老尹。以收入而论，老尹在国内或者就要被讥为"吃软饭"了，他却也心安理得，并不觉

老尹在巴黎的蜗居

得在家就矮了三分。就因不屑于谈钱，二人甚至也从未做过什么财产公证。玛丽安倒是问过，老尹回说，"要弄那玩意干嘛？"

有次到河边去散步，我直截了当地问老尹，玛丽安对他究竟有何不满，老尹撇着嘴说："那谁知道？！"又想想说，拌嘴时说的不算，正经谈起来就一条，嫌他不思上进。

老尹承认，他的确没什么进取心。刚来法国时在巴黎七大也发愤读过一阵书，任课教师许多是响当当的人物，有几位现在已被尊为大师了，讲起课来挺新鲜，老尹着实挺兴奋。但也就是新鲜而已，那劲头一段时间以后就过去了。拿了个硕士学位，原来还打算读博士的，资格考试已通过了，这时来了生孩子、找工作一大堆事，待忙乱的高峰过去，老尹再也打不起精神。关键是，他对现状很满意。此时他已在中学任教，教中文他很乐意，闲时读读书，听听音乐，品品酒，放假了到山区、海边去过过，自在惬意——"这不是挺好吗？"老尹说。他原本也有机会到大学教书的，他在好几间大学代过课，教汉语，我任教的那所学校对他就很欣赏，很愿意给他一份正式的教职，只要他拿到博士学位。老尹懒得去折腾学位，也不觉得当大学教师是人往高处走，或者，压根就没觉得谁比谁高点，总之他还是过他的散淡日子。

接触多了，我发现老尹是个很不实际的人。现在的社会讲竞争，法国没国内那么闹腾，也还是要争，只不过争得有序。争与不争，有时也可以用来给人分类，会打拼的人，"有条件要上，没有条件，创造条件也要上"，不愿争或不会争的人，近在眼前的机会也抓不住。老尹显然是后一类人。至少在常人眼里，法国护照，大学任教就都是机会，有面子而且实惠。其实但凡遇上需要争的事，老尹差不多总是退缩。大学代课的差事后来让人给顶了，他很有几分不快，但他问都不问，更不用说去讨说法了。他在原先任职的那间中学很受校长器重，从国内回来，生活没着落，可不可以申请复职？老尹宁可打零工也羞于启齿试探一下。是高傲，有洁癖，还是怯懦？也许兼而有之？

当然玛丽安所谓"上进"不全是指这些，十足世俗的考量她也是看不上的，他们的婚姻从一开始定的就是高调。"要说不上进，这么多年我都这样啊，过去她不觉得挺好吗？"——老尹自己也弄不懂。想不通的时候，他心里就有一股怨气。他觉得他为这家牺牲了许多，玛丽安学校事忙，这么多年家务活差不多都是他操持，现在孩子长大，离得了他了，便要将他扫地出门。要说不上进，不也和这家有关系吗？他甚至得出结论，中国女人和法国男人结婚，多可白头偕老；娶个法国女人，肯定没有好的结局。他所认识的几位中国朋友，就都和法国太太离了。事情就是那么奇怪，玛丽安看上去那么和善本分，而且也五十的人了，常人看来也早过了闹离婚的年纪，提出来了，便铁了心要离。我不知道这和文化、民族性之类有无关系。老尹那么个要强的人，甚至还可看出几分东北人的大男子主义的，竟肯多年承包家务，而玛丽安提出离婚后竟又像遭了致命一击，几乎万念俱灰。我不禁要悬想，若是他待在国内，会是这样吗？

气头上的话不算数，平心而论的时候，老尹又会说起玛丽安的好。其实即使已到这一步，他也极少挑玛丽安的不是,口中常说"我们玛丽安"如何如何,语气中听得出他的欣赏,二人的"相敬如宾"并不是做给旁人看的。我敢肯定老尹对过去很是留恋,但以他的脾气,绝不肯在玛丽安面前服软的,玛丽安只要提个"离"字,他再不会说个"不"字。老尹自言脾气不好,与玛丽安起争执再不肯相让,即使是错在自己也从不认个错,差不多都是玛丽安给他台阶下,所以他有时也会半是得意半是自嘲地说,这脾气也是玛丽安惯出来的。这一类的场合也许可以称作"老尹时刻",我可以想象老尹梗着脖子的神情,潜台词是:"我就这样,爱怎么怎么着吧。"——像是蓄意抬杠。

"老尹时刻"是老尹"争"的时候。外人看来当争的地方他不争,没必要争的地方他倒时常顶起真来——尽是"务虚",所争却又不是道理本身,此外从不冷静考虑争的后果,只能说更近于斗气。以为他只是在家里横就错了,在外面也一样。八月中我去巴黎到英国使馆办旅游签证,老尹没事,要领我顺便逛逛巴黎街景,便一同去了。签证处门外排着长队,叫到号的才放进去。巴黎的街道上是寸草不生的,八月的毒日头没遮没拦地照下来,烤得人受不了。入口处卡子前的一截门洞子很荫凉,有些排队的人就想到里面站着,门卫不让。旁人也就算了,老尹不知怎么火上来了,就上前跟人论理。签证处只准申请人入内,我进去了回头望望,老尹兀自操着法语还在与人辩。待我出来,老尹犹有愤意,数落使馆的官僚作风,全不为人着想,他和人争执的焦点是,为什么不能立个说明情况的牌子。说着又提起前不久与女儿同去图书馆看书,也因馆方某个类似的疏忽,和管理人员起了争执。过后女儿还埋怨他小题大做,让他很是不快——难道就不该讲讲这个理?

我没来由地想到老尹表明立场时常说的一句话:"还是造反有理。"此话他未加解释,我也没追问,但约略也猜得到,那与"文革"期间的口号不是一回事,没准倒是法国一九六八年"红五月"精神的余绪,这上面他与玛丽安是同调,"造反"者,敢同一切压迫和不合理的东西对着干之谓也。遇上带有"造反"色彩的事,比如罢工之类,玛丽安十有八九是积极分子,老尹虽不免在家里高谈阔论一番,却没法像玛丽安那么投入。关键是,在这儿他不能产生那样的切己之感。玛丽安忙着游行、印传单,这时候老尹多半是在家闲着,或是在管家务。

老尹的喜和人争执当然与"造反"无关,只能说是小小的不平之鸣吧,而且这不平是没名目的。起初我以为这是因为这一段闹离婚情绪反常的缘故,但老尹说这样也有好多年了，只不过近年更甚罢了。女儿早就对他不满，说他老沉着脸，一副不高兴的样子。有什么不高兴的呢？不如意之事常有，但若顶真要他说有何不满，他也说不清楚。妻女对他好，周围的人彬彬有礼，这个社会待他不薄。像教育孩子这样的事，他有一套，玛丽安另有主张，女儿在那样的环境中长大，当然愿意听母亲的，这难道是玛丽安的错？玛丽安愿意在学校里忙，也没拦着他，他自己也不是不乐意做家务，落在主内的地位又怨得了谁？老尹没什么可抱怨的。正因说不清道不明，不知道该怨谁，老尹越发觉得郁闷。

我间接地听说过，老尹的法国同事说他有时显得过分地谦卑。很难想象老尹这么个心高气傲的人会和"谦卑"二字连在一起，但那也许是真的。入乡得随俗，何况是我们都承认的文明的社会，"谦卑"往往就是适应这优越的环境付出的代价。环境的压力是无孔不入的，何况是另一种文化。老尹就是觉得气不顺，又还得在家里家外"持之以礼"，一股无名火不定什么时候就不择地而出，那种压抑感常常就以犯拧的方式发泄出来。我隐约地觉得，他的种种"反常"之举，包括拒不加入法国籍，都是情绪作用的结果。

和老尹最后一次喝酒是在塞纳河边，其时我任教期满，就要回国了。巴黎前所未有地酷热，屋里待不住，老尹建议带上酒到河边去。他的住处离塞纳河不远，穿过一条街就到。晚上八九点钟，外面仍然热气蒸腾。这一段河边最是热闹，到处是人，跳舞的、唱歌的、散步的、弹琴的、聊天的、谈恋爱的，干什么的都有。老尹领我找了个僻静的地方坐下，从提兜里取出一瓶干白，两支高脚酒杯。河边上喝酒的人不少，不过都是喝啤酒，也有个把喝烈性酒的，喝葡萄酒的却是没有。老尹说他基本上不喝别种酒，喝葡萄酒才觉有兴味。葡萄酒中又数干白是他的最爱，干白不像干红那么浓厚，却别有一份轻灵飘逸之气，在他看来，是真正的酒中君子。可惜太娇贵太脆弱，温度变化稍大就变味。老尹说着摸摸酒瓶，说太热，这么喝味不对，便顺着河岸斜坡往下走到水边，在河里让酒凉快凉快。恰有游船驶过，船上的强光灯将两岸照得雪亮，西岱岛上的巴黎圣母院，那一侧有市政厅、卢浮宫，一路扫过去，船上的人便兴奋地欢呼、挥手，岸上坐着、躺着的人也闲闲回应着，其情其景，也是一种巴黎的浪漫吧？待船驶远，眼前忽地黑下来，黑影里老尹还蹲在摆弄那瓶酒，衬着水光，我忽然发现老尹的身影很是瘦削单薄。我想，至少是现在，巴黎的浪漫，老尹是没份的。

那晚上老尹又说了一通酒，还有巴黎的咖啡馆和种种去处，还说来法国别的没学会，吃喝玩乐倒真是懂得不少。口气是调侃的，却也透着几分得意。那晚上老尹有很多的回忆，因为左近一带正是他初来法国读书时经常闲荡的地方。老尹说，玛丽安刚提出离婚时，他轻生的念头都有了。现在他显然已经平静了很多，提起来也不带多少伤感的味道。至于将来，老尹一脸不在乎地说："混吧。当知青那会儿都过来了，还能活不下去？"

和老尹分手到现在已有好几个月了，现在也属"将来"的范畴了吧？不知道离婚是否已成为事实，若已离婚，现在又怎样。网上得不到回音，这几天我又在给他打电话，却总是没人接，所以我终竟不知道老尹故事的下文。

二〇〇四年一月

附记：写这文章是在好几年前。某日与一也曾在阿拉斯教书、对老尹很了解的同事聊到老尹，回家后便将文章发给他看。过几天同事打电话来，赞了几句之后很认真地问我投给杂志没有，我回说没有，他便道，最好不要拿去发表，以现今资讯的发达，老尹肯定会看到的，而看到了，他会不快，或是难过的。我对同事的话将信将疑，文章一直窝在硬盘上，却不全是出于这一层顾虑，亦因从未写过这一类东西，全然不知该往哪儿投。不料老尹还是读到了我的文章。经过颇为曲折：两年前又一同事到阿拉斯教书，在那里认识了玛丽安，还在玛丽安处见到了老尹——是到阿拉斯来看女儿，顺带着帮玛丽安整菜园子。同事在电邮中说起，令我想起旧时的文章，便"妹儿"过去让他"核对"真人。同事不合拿了去给玛丽安看，玛丽安读罢以为写得很像，又让老尹看，据说老尹读了有点不高兴。其时二人已离婚多时了，却还是朋友的关系。

前年吧，老尹学文化遗产保护的大女儿苏菲想在南京找个博物馆实习，玛丽安事先相托，我请朋友帮忙，原已差不多与一博物院说妥了，事到临头那边又变卦了，因为外国人来博物院参观的不少，实习的从来没有，这就又属"外事"的范畴了，得报到哪一级哪一级研究研究，一研究就没了下文。好在后来的安排也还令人满意。忽一日，接到一个长途，听那东北腔的普通话，不是老尹是谁？他是为女儿事向我表示谢意的。我说，你倒像个大领导，最后出面了。电话里自然聊了些这些年的情况，后来不知说到什么，就觉他话音里有点阴阳怪气,我反应还算快,意识到他在暗示写他的文章呢。也只好硬着头皮问:如何?还有点像你吧?他那边拖了长腔答道:"有那么三分像吧。"——典型的老尹的口气,不要说他有几分不满,即使是说好话、客套话,他也要带出三分玩世不恭的神情来。我想起当年我回国前,他要送我一瓶一九九五年的montus,搁在有些人,或者要郑重提示,话从他嘴里出来,就变成这样:"不嫌沉,愿意背你就背着吧。"——语气里大有不以为然的意思,好像千里迢迢的,不值,虽说那是瓶极好的酒。

我指责他不发邮件不通音问,他似乎找了些理由辩解,并且表示来年圣诞回国度假要到南京来会会朋友,可又通过一次电话之后,他便再度无踪无影,没了消息。最近一次听到他的情况,倒是从玛丽安的口中。去年暑假她来南京旅游,充导游之余,自然也问到老尹,她说起老尹的神情若不像老夫老妻,至少也像是一位亲人。其实大的关目都已经知道了,不过是更清晰一点而已:老尹有了一位女友,已在谈婚论嫁了。此外他已成了法国公民。后一项是玛丽安催促他并且张罗着去办的,离婚之后还是中国人的身份,办许多事都太不便。老尹起先还拧着,后来也就顺从了。玛丽安本人的情况我没好意思问,但肯定还是单身。我的同事有时会在她身边看到一位大胡子男子,这人我见过,在中学教数学却自学中文,自称喜欢李白、苏东坡的,似乎只是朋友。

玛丽安问我的一个问题比我问她的要难回答得多也抽象得多,她问我"浪漫"是什么意思?这一问是有缘故的:她汉语说得很流利,碰到的出租车司机都很愿意跟她聊几句,一听说是法国人,他们几乎相同的反应是:"啊,法国人——法国人浪漫!"——好像立马很知道底细的样子。我告诉她,这词是从你们那儿来的。她辩道,法国人一点也不浪漫呀!他们到底是什么意思呢?我也解说不清了,半开玩笑地说,反正就是不现实,喜欢干没用的事吧,像你当年和老尹结婚,就应该叫"浪漫"。

叶老板

到法国闯天下的同胞，以地域性的大规模移民而论，第一拨是广东人，第二波则是浙江人，浙江人中以温州人为多，温州人隐然成了浙江人的代称。外人这么说，他们自己不肯含糊的。比如叶老板就不止一次纠正我，他是青田人，虽说青田距温州不远。据说与地道的温州人相比，青田人在欧洲打拼的人数已有后来居上之势。小小的一个县，几乎家家都有人在欧洲，而已在欧洲的人很可能是下一轮移民的前站，一旦站稳脚跟，先是合家移居，接着就拉扯亲友过来。

移民欧洲，途径多样，有明修栈道的，自然也有暗度陈仓的。我不知道叶老板是通过什么途径来到法国，他讲述的打拼历程一般是从他在戴高乐机场下飞机的那一刻开始。"下了飞机身上只有几个法郎，还有就是一把菜刀"，我记得他是这么向我描述的。时间久了，对两个具体的细节我都不能十分肯定，一是钱的数目也许有出入，至于菜刀,现在我也有些拿不准,疑惑会不会因为小时听"一把菜刀闹革命"的故事印象太深,擅自把菜刀嫁接到叶老板身上去。但刚到巴黎他赤手空拳,这是不会错的。

虽然下飞机的第二天他就在一家中餐馆干活,菜刀一时却用不上,他洗了一年的盘子。第二年他开始操刀,先是干白案,从专管切菜到专事切肉,每天切一大堆菜或肉,歇了工手是僵的,腰则像要断掉。在国内他是中学教师,哪干过这个?但他硬是挺下来。这以后做红案,从打下手到做大厨。他曾描述过他的刀功和颠勺的功夫,不过当大厨显然不是终极目标,像许多浙江人一样,他从一开始的目标就是开个自己的中餐馆。几年后他的餐馆就在巴黎市区边缘一个不太热闹的地方开了张。

假如那家馆子红火,或者,只是开得下去,我就不会在阿拉斯的外卖店里做客了。关于那家店倒闭的情由,有两个版本,一个是我从他口里听来的:市口不好,经营不善,到后来差不多开一天赔一天。另一说法出自玛丽安,来源也是叶老板,他说是让合伙开店的人给坑了。我想是我没弄清楚,他有过两次走麦城的经历也未可知。这都无关紧要,反正他栽过,而且认栽。认栽之后很快就筹划着从头再来。

这一次是审时度势,谋而后动了。当然,还是做中餐馆生意，这是中国人在海外的传统行业，最有把握赚到钱。但不能在巴黎，巴黎中餐馆已是遍地开花，竞争太过激烈。却又不能远离巴黎，因为亲戚朋友都在那里，而中餐的原料巴黎中国城最全也最便宜。跑了一圈之后，他选中了距巴黎两小时车程的小城阿拉斯。

我到阿拉斯教书的时候，叶老板打拼数年，早已家道复初了。当然，原本也就说不上家大业大，叶老板在巴黎开餐馆是借了别人很多钱的。据说在欧洲中国人经常做会，大概就是所谓民间融资吧。这样的钱来钱去，靠的是信用，叶老板很自豪的一件事就是他的信用，说到底，是他的口碑，开餐馆赔了，要东山再起，还需本钱，叶老板都跟人明说，旁人也就放心地借钱给他。"换个人试试，看借不借?!"他不止一次对我明知故问，言下很是自负。

他也对得起旁人的信任——不到两年，他把钱全还上了。与之相伴，是生意在稳步发展。说起来现在的生意比当初还小些，叶老板一开始就定下步步为营、稳扎稳打的方略，具体点说，就是专心经营外卖。我经常去他那儿聊天，就是在那外卖店里，店面极小，一点不起眼，我已是熟门熟路，好几次还是不觉就走过了。里面原本就是狭长的，柜台一放，更是逼仄，像是利用一个穿堂或是走道。也有三五张小桌供堂吃，却是点缀性质，多数顾客都是打包带走。叶老板有他的盘算：像在巴黎那样开餐馆，生意好时赚头是大得多，但要雇不少人手，法国的法律，雇人不仅要付工资，还得按人头交税，开销自然大，倘若门庭冷落，开一天没准就亏一天。做外卖不必假手外人，好多年都是他和夫人两人包干，后来也不过从家乡来了个亲戚帮忙打下手，赚头是小，可只要有入账，就是赚。叶老板觉得这钱赚得踏实，与当年相比，反觉有底气。这几年他已让妹妹、大女儿将这外卖模式拷贝到布洛涅、加莱去了，生意都挺红火。

我通常都是晚饭之后散步到他那儿去。他的夫妻店是典型的男主外女主内，夫人在里面操作，他在店面支应。若是到得早些，他会站在柜台里面和我搭话，好随时照应店面，这时其实已少有顾客光顾，但他的原则是，绝不放过一笔可能的小生意。总要挨到九点半，这时他会拍一下手宣布："好，今天收工了。"只有周六周日收工早些，休息日，那些买外卖的上班族消失了，他这里也不是正经用餐的地方，较平日也就冷清得多。于是放下卷帘门，拿一小瓶红酒，端一碟花生米到我面前，说，喝酒，法国的红酒好啊，有时还会摸出一包中华烟来请我，他自己却是不喝，也不抽。我喝酒，他便吃饭，这是他们的晚餐时间，通常是满满一大海碗粉干，卖给外人的菜肴是绝不碰的，用他的话说，那是糊弄老外。

吃着，喝着，自然是扯闲篇。什么都聊，法国，老家，他的奋斗史，小到法国菜（他不止一次很鄙夷地说，那叫吃的什么玩意，猪食啊！），大到天下大势。叶老板平日话不多，打开了话匣子，却是一套一套的。大凡白手起家、自己闯出来的人，都有几分属于自己的自信，言谈之间，不经意间会流露出笃定的神情，叶老板虽是除了进货几乎足不出户，不看电视不听广播，对外面世界的了解就靠一份不大赶趟的中文报纸《欧洲时报》，谈起来却是知道得不少，说到房价、股票之类的话题，还会有一番分析，气定神闲，很有把握的样子。

说他足不出户，实因他这里店就是家，家就是店。老两口加上帮工的亲戚都住在楼上。那上面我从未上去过，既是一楼一底的房子，上面想必也挤得很，算来这么着也有多年了，看不出他有搬家的意思。千万别以为他舍此就没地方住，除了这一处，我所知道的，他至少还有三处房子，巴黎有一小套，阿拉斯市中心地段有套一百五六十平方米的，火车站附近的那处上下三层，蛮大的院子，类于我们所说的联排别墅，多数中产的法国人住的就是那样的房子。叶老板对他买下的房产很是得意，有次领了我去看市中心的那一处。

绝对的黄金地段，离商业街就两三分钟的路，他的房子在二楼，从一楼进去，觉得很是破旧，到上面却是焕然一新，原来是刚装修过，到处弥漫着簇新的油漆味。老叶将门窗一一打开，又将每个房间灯都开了，领着我巡视他的领地。"买下来的时候不成样子，比楼下还破。但这房子质量好啊，国内新盖的楼就像纸糊的。法国佬不懂，一看这样子都不要，便宜也不要，现在看看——"他得意地示意我墙壁有多厚，地板如何结实……我很奇怪这里的装修怎么和国内一个味，而且是几年前流行的样式，一问方知，是从家乡来的一帮人干的活计，他们在法国黑下来，就在华人的世界中接活。与法国人的装修当然不接轨，脑子里大概还是来法国前在国内轻车熟路的一套。说实话，活干的粗，材料用得将就，这房子的底子看得出，有些身家的才买得起，经这一弄，却有内地县城装修特有的假豪华味道。不过叶老板似乎很满意，不住地跟我讨论档次问题。不能扫他的兴，我附和说，这房子要搁在国内，卖老鼻子钱了——有一半也是实话。

看来买房子叶老板也有他的一套，大体上是人弃我取，却也并不是剩下就捡，是那些地段不错底子好，又看似没法收拾的，他出手买下，而后重整河山。在火车站附近的那一处，破烂得触目惊心，几乎形同废屋了，去看过房的法国人立马打退堂鼓：要把这房子整得能住人，要费多少事，要花多少钱？叶老板吓不住，心里马上就算出一本账，他可以找家乡人的包工队，还可找到法国人再也找不到或不肯费心找的便宜材料。他还自己上阵，据他说，建筑垃圾都是他拎下来，开车运到垃圾场的。六十多岁的人干这活，简直有愚公移山的味道。从装修到运垃圾，绝不假手法国人，"法国的人工太贵了"，叶老板说。说这话时，他很自然地把在法国的中国人排除在外。后来我发现，这里华人有一个独立的世界，从装修到理发，都可以内部解决的。

市中心的房子既已整好了，我就问他何时搬，他告诉我装修起来是准备出租的。那准备将火车站那一处留作自用了？也不是，还是准备出租。他对现在逼仄的住房并无不满，虽说小女儿早就闹着太挤，都不能带同学回家。还在买房时，叶老板就已盘算好了，市中心的一处，租给有钱的白领，一家人住；火车站那边的，分着租给大学生，顶楼便宜点，下面两层租贵点。身在小屋，放眼出租房，常言道，家中有粮，心中不慌，叶老板的底气在此，一旦退休，房租就是他的养老金。

那天参观新房结束，就要走了，叶老板关掉客厅大灯之前，手指在开关上停留了很长时间，眯了眼又将房中打量一番，踌躇满志地问我："你看这房子，一个月两千肯定租得到吧？"这是设问句，我哪懂此间的行情？但我绝对相信他的判断，当下唯唯。

几处房产都是一份一份的外卖卖出来的，单想想这个就让我对叶老板肃然起敬。做外卖绝对是薄利，固然可以不雇人，自己可就累狠了。不比那种堂吃的馆子，就是中午晚上两餐，外卖店的营业是全天候的。叶老板几年如一日，从早忙到晚，通常是六点不到就起身，和太太两人，备料、洗、烧，光大的春卷就要包一百个上下，忙到九点多，开门营业，从这时起直到晚上九点半，除了抽空吃顿午饭，差不多都在柜上站着，一年中我去过无数次了，营业时间，即使没人光顾，也几乎从未见他坐下过。中国人做餐饮的，都没有休息日一说，叶老板更是如此，节日也不休息。

不过洋人的节，也不过自己的节。大年三十，想我一人在外，他便让我到他那儿去过，不想那晚上下大雪，行路不便，便没去。第二天早上打了个电话拜年，听里面有法国人在说话，一问，是顾客，才知道正在营业。我以为一年里这几天肯定歇了，其实头天晚上他们也不过提早了半小时收工。有些日子，比如星期天，或有三天以上假期的时候，可以料到生意清淡，叶老板也还是照常营业——

"只要开门，多少有点进账。闲着也是闲着。"他如是说。在他那儿帮工的亲戚是个二十来岁的小伙子，有次背着他向我抱怨，说累还在其次，什么都没得消遣，除了做工还是做工，闷得慌，早知如此，还不如在国内哩。

这些话当然不敢对老叶说。关起门来，叶老板是家里的绝对权威，小伙子收工后偶尔出去找城里的同乡打打牌，也都是要向他说明的。而且老板没一刻闲着，你还能怎的？叶老板并不觉得日子过得单调乏味，每天做活，每天有进项，看得见，摸得着，这就很踏实。他哪儿也不去，虽然能说法语，和法国人的交流却只限于交易，就像出来打拼的绝大多数中国人一样（出来读书的当然是另一回事）。就是同胞之间，叶老板也极少来往，阿拉斯原本也没多少中国人。卖皮包的小郭小吴夫妻俩是温州人，应算大同乡，店面就在同一条街上，也就两百米，却也极少碰面，都忙。此外老叶对他们的心思活和"好玩"也不大看得惯。小吴在阿拉斯闷得慌，想找个大点的城市开店，老叶对前景一点不看好，还觉好高骛远的，不实在。至于小郭，他当然更看不入眼。小郭其实并不"好玩"，每日闷头做生意，也嫌老婆心太活，却是管不住，回了家每每就闷了头啤酒，也不知什么时候，忍不住了，就会开了车到有赌场的地方赌一通。通常都是输，有次输大了,和小吴吵得天翻地覆,叶老板还劝过,过一阵又赌瘾发作,复又输得一塌糊涂。叶老板也就唯有摇头了。

后来我知道,在欧洲做生意的中国人中,赌博极普遍,生活的单调、与主流社会隔绝是一大原因。太闷了,就要找刺激,飙车、看足球、滑雪,也许都自有其刺激,无如那是属于洋人的刺激,早先去打工的人本能地觉得与己无关,就像国内年纪大些的民工将进电影院之类看作属于城里人的消遣一样。也极少有人去嫖,倒不是色欲淡,实在是与前面那些选项相比,嫖妓更属高消费。——只要划入消费的范畴,这个人群大体上就躲开了。任何消费都是钱有去无回,唯有赌博,运气好钱不但可以回来,还会成倍地往上翻,所以成了最佳的刺激,虽然像进一切高消费场所一样地有些怯场,好多同胞还是硬着头皮进去了,这好像也是在陌生国度中唯一可以忘情投入的公共场所。结果是可以想见的,倾家荡产的也有不少了,比起来小郭还不算是惨的。叶老板摇头叹息道:"辛辛苦苦赚来的钱,平日舍不得花,倒好,送给赌场。"

叶老板,当然,不赌不嫖,而且其他的不良嗜好一概没有。自觉行得端,坐得正,叶老板很有做人的底气,这上面他自信,也有理由自信。身在异国,可说是在人屋檐下，做生意虽是一团和气，他并不觉得矮人三分，反正是靠本事吃饭。像大多数出去的中国人一样，叶老板的参照系从来都是自己人，法国与他的世界除了买卖之外没有更多的关系，更富也罢，更神气也罢，反正他在法国也站稳脚跟了。任是外面的世界怎样热闹，关起门来，他有自己的领地，至少在这里，他做得了主。偶或说到法国人，老叶常会用一种鄙夷的语气说话，吃的不用说了，是猪食；父母待孩子，哪像家长的样子？整天就想着度假，没个正事；还有，有钱有什么用，就知道胡花。说这些，有意无意间倒是有点比一比的意思，比如我猜他就想，别看外面风光，有几处房产的法国人，也不算多。

当然，有时他也说法国的好话，尤其在事涉当年选择来法的时候。叶老板不用"成功"这个词，不过他以为自己算得上成功却是肯定的，不管是做人还是做事。成功的人大多认定自己的选择是对的，他就认定，虽说吃了许多苦，来法国这一步，他是走对了。常有大陆人说这些年国内如何如何变化大，有多少多少致富的故事，老叶隔几年回趟国，也领教了，但他不为所动，而且变身为坚定的法国荣誉捍卫者。你要说在法国挣那点钱，太辛苦，他便要说，国内多乱，那么多的请客送礼、歪门邪道，这钱未必就挣得到。此外，法国的空气好，法国人讲卫生，法国人懂礼貌……有不肯自我否定的成分，大半却是真这么想。正以此，他曾劝我的一位同事别回去了，待在法国比回国强。几年前我的同事也在阿拉斯教书，与叶老板特别熟，常到他那里拉家常，老叶便推心置腹地劝他，借夫人孩子到这边旅游的机会，一家子都留下来，孩子在这边读书，多好？他并且算了一笔账：来欧洲不容易，办张护照得十几万，三个人得好几十万，留下来岂不等于赚了几十万？

记不清他有没有对我提出类似的建议，劝我同事留下的事则肯定也从他嘴里听到过。他不再劝我，或是没有那么认真地劝我，也许是我的同事没认他的理，这些年国内似乎也不错，也许是觉得教书的人吃不得苦，所以不提。但若是论理，当然还是他的道理对——叶老板有一个属于他的"对"的世界。

也难怪他显得自信满满，仿佛一切都可搞定。白手起家、堂堂正正，都说男子汉大丈夫当如何如何，不取"大"字，老叶当得起。据我的观察，似乎只有一事，叶老板有点搞不掂，而且是属于关起门来的事：他有三个女儿，二女儿居然自说自话，要跟一法国人结婚，这是他再没想到的。

反对无效之后，叶老板开始长久地陷入对洋女婿的恐惧之中。虽然在法国待了很多年,一天到晚跟法国人打交道,应酬也算自如了,叶老板还是很难想象家里有个成员是法国佬,光是想想就浑身不自在。当然,早已不存在什么几代同堂,在法国即使是中国人家,子女结婚后通常也自己过了,但是女婿总得登门看老丈人吧?叶老板当真很具体地悬想过尴尬的场面:女婿上门,不提点心不拎酒,怀里捧着的是一束鲜花,也不知道喊"爸爸",张口"你好,叶先生",花就递将过来——这算哪门子事儿?!

然而叶老板所担心者还是成了事实,二女儿就嫁了个法国人,而且小女儿看来还得再弄个法国女婿进门。我在阿拉斯的那阵子,小女儿正和一法国小伙子谈恋爱。不用说,叶老板是反对的,可如果二女儿拦不住,小女儿就更别想拦了。上面几个都是在中国出生的,老叶在法国站稳了脚跟之后才接过来,小女儿却是生在法国,家乡话都不会说,家里其他成员说起来,还得有人给她翻译。这倒还没什么,关键是从上小学起就泡在法国人堆里,法国化的程度较两个姐姐高得多了。正上高中哩,就有男朋友了,谁知道乌七八糟会搞出什么事来?法国人娘老子都是不管的,他不能不管,是女儿就更得管。到底不是一辈人,开皮包店的小吴都说,老叶管女儿管得太紧了。管狠了,不免就起冲突。我有几次在他店里闲聊,正碰上女儿从外面回来，也不招呼人，都是绷着脸自管自进里面去了。想来父女间的冷战，已非一日。当此之时，叶老板的脸就阴沉下来，半天缓不过劲。有次在他那儿聊得时间较长，他过一阵就起来打一电话，我听出来是催小女儿快回来。起初是问，再后是催，最后辞色之间，是下最后通牒了。这最后一次电话打完坐下再闲聊几分钟，他便说开车送我回去，顺道接女儿。开车到一幢小楼跟前，等着，半晌没动静，老叶耐不住了，让我在车上等，下了车就去按人家门铃，不一会人出来了，待身后门一关上，便冲叶老板发低声抱怨，大约是觉得她的面子丢尽了。老叶就熊她，声音高起来。声音一高，小女儿就再不吱声，噘了嘴脸拉老长，撇下老爸兀自蹬蹬蹬朝汽车走过来，老叶愣了片刻，尾随着上了车。这一路直到我的住处，老叶一言不发，弄得我极其尴尬。

以后有一阵没到他店里去，直到学校放假，宿舍关门，没地方住了，租法国人的房子太麻烦，就向叶老板求援。老叶一诺无辞。住了将近一个月吧，要往巴黎而后回国了，去交还钥匙，也向他辞行。问他房租怎么算，他说算了，最后推来让去，还是没收。因想他向来钱算得紧，一间房准备租好几百哩，我可是占了他一层。委实有点过意不去。

回国后和叶老板基本就断了联系，只春节时打了个电话过去。上午打的，那边已是晚上，电话里传来嘈杂的声音，这才想起春节他是不歇工的。怕影响他生意，没说多少话就挂了。我倒很想问问小女儿怎样了，二女儿的洋女婿上门拜年了吗？我对后一问题尤为好奇，不知他如何应对，想来态度应是在老太爷的矜持与平日对法国顾客的礼貌二者之间游移不定吧？当然，这样的玩笑还是不开为妙。

日记中的保罗

在法国那段时间,大约因为有闲而又无聊,居然记了几个月的日记。都是流水账,当然也不免提到接触较多的一些人,若要归类,则一是中国人,一是学生,还有就是宿舍中人。法国学校照例没有学生宿舍,学生都是自去租房居住。但与我任教大学一墙之隔的教育学院情况则不同,因学生多为在职的中小学教师,不少是短期进修性质,时间既短,租房不便,校中便有了一栋宿舍楼。初到法国时来不及租房,就与教育学院商量,暂时住在那里,后来因贪学校的食堂,可以不必自己做饭,也就懒得搬了。

这宿舍常住人口不过三十人上下,法国人到了周末就回家,近的驾车,远的坐火车,有一位特远,经常赶飞机回去。所以宿舍中坚持"留守"的多是如我一般的外国人士。这些人士又都有一特点,即是穷,或来自前法属殖民地,或来自前社会主义国家,和我比起来,有的家也不算太远,但是没钱,也就归不得。都是归不得之人,接触也就较多,这里面有一位,就是保罗。

日记里关于他的内容大略不出两项,一是他的穷,一是他跟我谈女人。

日记中第一次提到保罗,说他是美国人,也不知为何这样认定。他英语发音很好,也甚流利,但绝到不了英语国家人那种程度,而且也不是美式英语。也许是第一次见面时是好多人在一起,介绍时张冠李戴了吧?当然不久以后我就弄清楚了,他是罗马尼亚人,到这儿进修法语,回去就要在大学任教。

保罗长得高大英俊,一米九以上的身高,且极挺拔,只是稍稍有点谢顶。东方人看欧美人,年龄判断上常易出错,我以为他总在三十上下了,后来才知道不过二十二三岁,算起来我应是叔叔辈的人,但洋人看我们的年岁也是走眼的,通常要年轻十岁,一加一减,双方稀里糊涂的,也就同辈式地相处。其实最经常的交往是一起打羽毛球,球场上也不用讲长幼之序的。他,还有个荷兰人戴维,时常拎了拍子来搦战。上了场就没章法地乱跑,握拍像端着网球拍,或竟像持大刀片。洋人提到羽毛球就像乒乓球一样,对中国人肃然起敬,似乎小球里有着类于功夫的神秘,不然他们身大力不亏的,怎么就不行呢?我恰好能打

日记中的保罗 125

两下，宿舍里就哄传，那个"西奴娃"（法语中国人的发音）如何了得。将他们整治得满地找牙，确也不在话下，奇的是，保罗又不服输，总相信有一天会打败我。也是逗他玩吧，某日就让他赢了一把。于是满宿舍里又传，保罗把"西奴娃"打败了！像头号新闻。保罗满脸得意地笑，这一笑就不像三十岁，像二十都不到。

宿舍"留守人员"聚餐，左边近前二人为露西、玛丽娅，右边远端二人为戴维、保罗

但保罗这么笑的时候并不多，似常有心事。有何心事不知道，与他关系最近的戴维也不知道。戴维只告诉我他极聪明，也极用功，法语很棒，连法国人都称道，有些词语，法国人不知道，他却知道。据此戴维预言，此人将来

必有一番作为。我于法语一窍不通，他的才具无法判断，勤奋是真的，宿舍中人似无出其右，不过较之法国人，东欧来的学生普遍更用功，也许是来法国机会难得的缘故。这些我不甚关心，日记里没这方面的内容。

日记里头一次对保罗有较多记述是吃早餐：

> 醒来不知几时。听走廊已有动静，匆匆起身下楼。天尚黑，以为尚早，然于餐厅入口处遇保罗，即知再迟则早餐时间已过矣。盖保罗早餐每每为最迟到者。初认其贪睡，渐知其别有用意，因众人离去，他可多取酸奶、黄油等物也。每日所取似均倍于他人。可叹。

这里须做点解释：欧洲餐馆大多早上不营业，我们这边街头巷尾随处可见的早点摊更是没有，吃早餐都在家里，所以再差的旅馆，也须提供早餐，且多半是包早餐(中国的宾馆现在也常有包早餐的，就是学的洋派)，学校宿舍也一样，早餐是算在房费里的。当然是自助式，与午餐的不同是不限量，虽极简单，不过是面包、黄油、果酱、巧克力酱、酸奶、咖啡外加水果。你要带些走也没人管你，多数人顶多也只带走个苹果、橘子什么的，都是大大方方，并不遮掩。保罗则常常将整包的切片面包、十数小盒的黄油、果酱携归。

我说"渐知其别有用意"，并非得自有意的观察，实是平日的印象积累。意识到留守诸人的穷，不是始自保罗，是他的同胞。宿舍中来自东欧的，保罗而外，尚有两波兰人，两罗马尼亚人，都是女孩。这几位长得比她们的法国同学漂亮，尤其是保罗的同胞，露西和玛丽娅，都是黑头发，在黄发金发褐色头发的人当中有几分特别，玛丽娅的漂亮有几分俗艳，露西长得玲珑，头发总是梳在后面挽一个发髻，人很文静，比起来就有大家闺秀的味道了。但二人衣履的敝旧则一般无二。据说北美女性不大打扮，除非正式场合，牛仔裤老头衫的，就能招摇过市。欧洲女子则讲究些，法国女子更是讲究，虽不一定是显山露水的那一种。一讲打扮，这些东欧女生的寒伧就越发显出来。一是旧，甚至就在破的边缘了，二是不入时，像是从旧货市场里来的，大略近于我们一九九〇年代初的样式。女孩总是爱俏的，何况长得漂亮，但我在宿舍里前后好几个月，不要说上点档次的，总共也没见东欧女孩换过几身行头。露西和玛丽娅尤甚。

宿舍有一去处，法语叫 foyer，读如福合页，应是什么什么之家或中心的意思，有公共厨房、会客厅、自修室、电脑室等等，因住处极狭小，是真正的斗室，宿舍中人大多在此盘桓，睡觉才回去。露西和玛丽娅则很少出现，即出现也是不多时即离去。冬天，室内的暖气开得很足，进来就得宽衣，露西、玛丽娅却总是捂着。有一次我请留守的全体人员吃中餐，许是热得受不了了，二人终于脱下外套，里面的毛衣一望而知是手工编织的，颜色、样子都"土"，而且肯定穿了好多年了，没颜落色的。我猜单是在众人面前露出来，她们大约也小有一番内心的挣扎。

我不记得问过露西关于罗马尼亚的物价之类，不过日记里既然记着，当然是问过。露西答道："对你们也许便宜，对我们还是贵。"——我们也算富有的了？令人惶恐。

细看之下保罗穿得也寒伧，不过男的穿衣要随便得多，也就不显。他的窘迫我是慢慢从吃上看出来的。午餐极少在餐厅里遇到他，在公用厨房里也不大见。即见到也不是在做饭，多半是在啃面包，面包里夹许多奶酪，极少见到他吃肉。这么高的个，又是二十郎当，不吃肉怎么行？有次问他，他道是不喜肉食，但我请众人吃饭，洋人不大问津的猪肉他也吃得不少。我因此知道他是在掩饰他的穷。罗马尼亚长期是齐奥塞斯库独裁，积重难返，政经均难上正轨，东欧诸国中发展最慢的国家之一。保罗不愿谈这些，我每提起，说不几句他就没精打采地岔开，就像

日记中的保罗

讳言他的穷一样，有一种说不清道不明的羞耻感。凡直接间接关涉到钱的事，说起来他就有几分不自在。我是在他不自在的神情里才悟得"囊中羞涩"四字状写一种情境的传神——钱包怎会难为情呢？这里的不通反直接点出"贫也"和"伤哉"的关系，的确是"羞涩"。

因此想到一九八〇年代到欧美的中国留学生，大概也是类似的窘境吧？但还可以打工。这里是小城市，打工都没机会。

日记里提到宿舍里人多次聚餐，除了我请客的那次，似大都没有保罗的影子。并非他喜独处，有个周末他与一伙人泡吧到凌晨三四点，第二天说起一脸的兴奋。正是喜欢"群居终日"的年纪，怎么就不赶聚餐的热闹呢？下面闹得沸反盈天的时候，他常一人在二楼的电脑室里。

还是因为没钱。我请客还是国内的习惯，中餐，又限于周末留守诸人，所费不多，通常宿舍中的聚餐则是AA制，各人出钱，提议者操办。有次聚餐，戴维去拉保罗，他道，太贵了。戴维说请他，他拒绝了。其实聚餐每人也就摊两三欧元，尚不及学校餐厅一顿午餐的钱。保罗为何午餐时几乎从不去餐厅，也就不用问了。此外，那顿免费早餐对于他的重要性，亦可想而知。

法国北部纬度高，冬天天大亮要到八点半以后，披星戴月吃早餐并不是夸张的说法。保罗总是姗姗来迟,起初以为是他年轻,贪睡。后来发现不是,因为好几次看到他是从福合页那边来的,而且极少见他有睡眼惺忪之态。我因睡得晚,早上常常要挣扎好久才爬起来,往往是在最后一刻赶到餐厅,这时十有八九,里面只保罗一人在吃早餐。他显然不愿意有人在场,虽然众人在时,他也过来坐到一起,却总是磨磨蹭蹭,最后一个离去。拿走那许多食物,让人看见,无异于将他的囊中羞涩暴露于众目睽睽之下,尽管这也不是什么明令禁止的事。

我的出现他想必也是不欢迎的,头几回可能还指望挨延到我走,无奈我去得太迟,他虽是有意带本书去,一边看一边吃,也差不多了,没理由再待下去。捧起那些食物,他有些尴尬,见我眼睛正朝这边,似要说什么,结果没说,变成自己跟自己咕哝,大概是罗马尼亚语吧,表情是羞惭与焦躁的混合。以后次数多了,在我面前也就习惯成自然,不再掩饰。

其实以"囊中羞涩"说保罗气息不对,轻松了点。客问阮郎"囊中何物",答曰:"俱无物,但一钱看囊,庶免羞涩尔。"——很有几分自我调侃。保罗哪有这份不在乎?他的难为情中,毋宁是混合着屈辱感。留守人员中还有个刚果人悉德尼,一样地也是穷,有时早餐也带许多东

日记中的保罗　131

西走，甚至有一次干脆用口袋装了走，却并不羞惭，天经地义的样子。保罗不能坦然面对他的穷，即在我面前，东西可以照样拿，神情总还是别扭。

至少部分地，我想这是因为他的骄傲，也源于周围人不经意间偶或流露出的异样的眼光。有个在宿舍中住过一阵的中国学生告诉我，不少法国女生提到保罗都有些看不起的意思。这是真的，还不限于女学生。餐厅有个给大师傅打下手的伙夫，长得肥头大耳，看着就像个伙夫，我经常早餐去得太晚，桌上东西都收走了，就找他讨要，跟他混得较熟。有次请他抽中国香烟，闲聊了一会儿，他就蹦几个英语单词带比划地说保罗如何拿走一大堆食物，言下很是不屑。其他人从未在我面前说过，我也很难举出具体的例子证明某种隐性歧视的存在，不过的确是有的。保罗当然意识到了，所以他虽是一群"老外"中法语最棒的，来法目的就是学法语，与法国人的交流却少于他的同胞。他有什么让人看不起的呢？论聪明，他肯定在众人之上，要说有时让人觉得别扭，闷闷不乐，不像同龄人那般阳光，那也与他的贫寒有关。说到底还是因为穷。这也就见出人的势利。虽说宿舍里的法国人都算不上富有。

也不都是这样。有个叫米拉耶的，二十八九岁，好像是法国人中年龄最大的，对他就很好。他对米拉耶也有几分弟弟对姐姐的味道，有事常向她求援，比如让她跟餐厅的人打交道。餐厅周日不开门，通常是周六从那儿拿些面包牛奶黄油之类放到福合页，以备第二天早上之用，旁人有时会忘记，保罗总是记着的。有次米拉耶决定不回家度周末，保罗就央她去讨，我说，你干嘛不自己去？他道，我去就给得少，法国人去了就能拿回许多。他没说的是，可能还给脸子看。果然米拉耶过去说笑了一通，抱了一大堆东西回来，连通常周日不提供的水果也抱来了。

周末是保罗最郁闷的时候。虽说留守的有六七人，但我经常不在，有时是学生驾车带我到附近周边的城市转转，有时自己乘火车去巴黎。悉德尼有亲戚在里昂，偶或到那儿去。几个女孩也时有人邀去游玩，露西和玛丽娅，因长得漂亮，受邀的次数更多些。有天晚上见露西在厨房做三明治，问她是否要出游，回说谁谁要载她去巴黎，一脸的喜气。她做了好几个，大约是替那人也做了。我还想，那人未免也太小气了，就不能请她吃一顿？但也许是露西预留地步，去餐馆若人家不请，她是吃不起的。

唯独保罗没人邀。我有次一人去亚眠，也曾动念邀他同去，就算请他。但出游最要兴趣相投的熟人（向女人献殷勤又是一说），与保罗能说是半生半熟，岁数差许多，他有时又有点别扭，想想也就罢了。记忆中几个月里只有一两次，他与人一起出去，有一次肯定还是辛迪请他。

辛迪是个法国女孩，个不高，白白净净，戴副眼镜，不能说好看，也不能说不好看。平日不言不语的，戴维说她对保罗有意思，恐怕是真的。"有意思"是日记里写的，戴维说的当然是英语，我现在却没法还原了。"有意思"是影影绰绰的阶段，但法国人男男女女都是直来直去，不大有遮掩的。说好就好上了，认识没几天就能双宿双飞，宿舍里露水夫妻少说也有四五对，而且隔三岔五就重新洗牌，一拍即好，也一拍即散。也许我是外人，不知内里，见他们聚了散的，都很阳光。唯独辛迪，显得内向，与保罗在一起也没什么亲昵的举动，总是很安静，保罗对她则是不冷不热的。有一度我以为他和波兰女孩玛考好上了，因为有天从福合页客厅里过，看见玛考枕在他身上看电视。但两天后就遇见玛考和一法国男孩勾肩搭背一起走。虽说男追女的公式早就不存在了，法国还是男子献殷勤的多。可能还是和贫寒有关，有心理障碍吧，没见保罗向谁献过殷勤，也没主动追过谁。

但他喜欢谈女人。谈女人似乎是他不多的阳光时刻。宿舍是公共浴室，距他寝室几步之遥，有次他刚洗过澡，站在门口与戴维说话，我从旁经过，也立谈片刻，日记中记道：

保罗沐浴方罢，仅以毛巾遮羞，毛巾甚小，裹身未周，而彼立廊中，浑若无事，有女经过且与交谈。其寝处门户半开，见墙上多美女照，泰半为半裸或全裸。戴维戏言其一即其妻，吾笑曰保罗有 so many wifes，保罗闻言甚兴奋，引我至室中观其私藏——门后自上至下贴满，均裸女。

与其玩笑，呼为 boy，我等则为男人，彼正经作色，称其已二十三岁。且反唇相讥，我为男人，汝为老男人。答曰，我固老男人，君实大男孩。

他那些裸女都是英国小报上三版女郎一型的，其特征是夸张的三围与诱惑的表情，文弱的辛迪相去太远了，当然那也未必就代表他现实中的美女标准，性幻想而已。

那一次之后，保罗不知怎么，认定我是可以和他谈谈女人的，碰到一起常引到这话题。也许不过是语言交流有障碍，复杂了没法谈，谈女人是男人的普遍话题，不难心领神会吧。我觉得有趣，好几次都在日记里记下了：

保罗趣人，同看电视广告，遇美女出现则口哨、惊呼。忽问喜何种女子，又问最喜女子哪一部分，恐我不懂，复举例相喻——"breast, face, ass, and so on"。答此为 boy 问题，我为 man，不答。保罗问，男孩喜女子一部，男人喜女人全部？答：此即男人与男孩之别。

后来好像他还缠着我问过，我如何作答记不清了，他给了自己的答案我还记得，说是颈子。害得我把辛迪和他墙上那些裸女的脖子想了一遍，也想不出所以然来。他墙上不过是一群肉弹，张三李四都分不清，哪记得起什么脖子？

脖子很抽象，另一次说得倒是比较现实具体了：

> 早餐与保罗同坐一桌，彼问法国女孩如何？是否漂亮？告漂亮者为其同胞。彼摇首称不算，因非法国女孩。再答曰，漂亮者非 IUFM 中人，在大学也，彼意为然。然称宿舍一女子甚美，美在蓝眼睛。因宿舍中人多数均识其面而不知其名，固不晓所指为谁。

IUFM 就是他进修的教育学院，大学则指我任教的学校。他为何不坚持他的标准，不以颈子而改以眼睛取人，我不知道是不是因为颈子描述起来太困难。但宿舍中蓝眼睛的法国女孩有好几个，我记不住他说的名字，好奇心也没大到再去追问,所以最后也还是不知道。反正不是辛迪就是了。

三月末,保罗结束进修,要回罗马尼亚了。我找了张带到法国听的中国民乐唱碟准备送他做个纪念。这才想到,虽是接触较多,他好像没怎么问过我中国的情形,倒是那些法国佬,英语不灵,交流更困难,却常好奇地问中国这中国那。说起来我们还有过很多相似的国情哩,也许是他太年轻,对历史所知不多也不想知道吧?记得曾向他说起我上小学时在南京如何起大早夹道欢迎齐奥塞斯库,原是想引他说说往昔的罗马尼亚的,他也没什么反应。

第二天早上,又是在餐厅见到他,说些告别的话,他接了唱碟,神情有些恍惚,有些黯然,是因为要离开法国了。他说他不想回去。我想他在这儿也并非很愉快呀?但也没问。

保罗走了好几天之后,辛迪有天找到我,问有没有见到保罗。相互联络都是用手机的,保罗用不起,要找他总是得遍寻他通常会出现的几个地方。辛迪这几天显然找过多次了。我告诉她保罗走了。走了,去哪里?我说回国了。她便一怔,原本很白的脸变得惨白。还回来吗?我说不会了吧。她有一会儿没说话,又问知不知道保罗的详细地址。看来辛迪对他是真动了情了,其实开车带他出游,

日记中的保罗　　137

且只请他一人,那意思就很明白了。无奈落花有意,流水无情,保罗显然连回国的事都没对她说。

辛迪走后我才想到,不要说详细地址,保罗所在的那个城市我也记不清了。再想想,我甚至不知道他的全名。对我而言,他等于已经消失了。

好人戴维

中国人的年龄对西方人永远是个谜，一如猜测西方人的岁数对中国人是道出错率极高的难题一样。出错都在中间这一段，两头比较简单，大约老年和幼年比较"赤裸"，要出错也和自己人猜自己人的概率差不多。青年和中年的阶段，出错大致有一个趋向：西方人猜中国人，大抵是做减法——一概往年轻里猜；中国人往往是做加法，擅自给人家长岁数。长得少相的人自不必说，在中国被目为老相的人，到洋人的国度里要装嫩也不难，欧洲的公园、博物馆对学生都有很大的优惠，不少中年同胞谎称或是被对方主动认作学生，也便混过去了。

——多少是和体貌特征的不同有关吧？西方人高头大马，发育又早，早早就全撑开了，相形之下，中国人就显得瘦小单薄，成年人也像是未曾充分发育。法国人在白人中身材算苗条的，也依然是庞大。女同胞进他们的商店里买衣服，买上衣尤可，裤子要买到合适的，千难万难，因最小的尺码臀围也会大出一圈。此外洋人毛发浓密、皮肤粗糙，也容易显老，与中国人相比，皱纹似乎总是提前出现，而一旦出现，就相当"深刻"。

但戴维即使在洋人中也属长得老相的，故我很长一段时间对他的年纪判断有误，就不能算我失察。戴维是荷兰人，长得挺壮实，鼻梁上的那副样式过时的眼镜改变不了他给人的"蓝领"印象，除了头发已相当稀疏，我便再也说不出什么其他特征。放在人堆里，绝对地泯然众人。

戴维与法蒂玛

我住的宿舍里绝大多数都是来进修的中小学教师，我自己是因服务的那所大学与教师进修学院两校间的关系住进这儿的。戴维并非进修生，他是要拿法国的博士学位，在准备论文，不知怎么也找到这里住下。待将宿舍中人都认了个遍之后，我便在心里将其列为房客中的最年长者。这并无大错，因来进修的人中，岁数最大的二十八岁，大多数只有二十二三岁（虽然以最初的目测，我擅自都给他们加了四五岁至八九岁不等）。但事实上以年龄论，称孤道寡的应该是我，他只能排次席，以为他四十多岁甚或已然"奔五"，显然"高"看了他，他后来拿了护照给我看的，一九六五年生，当时应是三十六。而他最初和宿舍中人一样"小"看了我，认定我只三十上下。不过即使在"小"看我的阶段，他对我年龄的推测也是将我划为同类，将我和宿舍中几个年长的，放在了"代沟"他自己的这一侧。知道了我大学教师的身份之后，似乎更有一份特别的尊重。

我与他的来往较多，起初是因为别无选择。不通法语，我与宿舍中人虽每见面必热烈寒暄，"你好""再见"得很热闹，其实是"块然独存"的。法国人当中倒也有好几位，颇为热情，对中国人亦好奇，无奈只能以英语交流，而两造英语又皆烂得可以，往往说不几句就说不下去了。这就见出戴维对我的重要。荷兰人多会说英语，戴维说得就很溜，关键是他很愿意跟我聊，有他引领着，我糟糕的口语居然也可应付应付。

头一度与戴维超越打招呼式寒暄，是在一个星期天，宿舍走空了，就剩我和他，中午时两人都到厨房里弄吃的，碰上了。我从来不知道自己用英语可以与别人聊，因为除了英语课上的造句练习、回答问题之类，再刨去打招呼、问路、购物的简单用语，此前总共张口说过的英语，不会超过一百句。与宿舍其他人说话，如是连续性的对话，决计不会超过两分钟。那一次和戴维却一气聊了个把小时，让我莫名兴奋，几乎要对自己刮目相看。其实不是我的口语看涨（后来大多数情况下，遇到英语差劲的法国人，还是无"话"可说），他有聊的愿望，因此也就有足够的耐心。他用尽可能简单的句子表达，若我不懂则换一种表述，又努力从我不成话的破碎句子和常常出错的发音中猜测、领会我的意思，以至两人之间居然有来言，有去语，气氛还颇为热烈。

这是到法国后头一次与老外有交流，且是用素来张不了口的英语，自然有兴致。也因是头一遭，所谈自然很是泛泛。不过有一点，似乎是后来他一再回到的话题，即是数落法国人的不是，且总是兴致勃勃。他对法国人的攻击是全方位的，从他们吃上面的繁琐，烹饪时间的漫长，到他们的等级森严，讲究尊卑有序（荷兰社会则不论身份，彼此平等）。还有女性受到的娇宠，有客登门，女的在客厅里与客谈笑风生，男的则在厨房里"cooking, cooking, cooking"（德国、荷兰就都是女的下厨）。又如法国人待人接物的距离感、冷漠、欠热情，等等，等等。西方人原先在我的意识里朦朦胧胧的，是个统一体，到欧洲才直观地觉察到，其实并非铁板一块。美国人与欧洲人就是两回事，欧洲各国人之间，外人也许容易看作一体的，其实彼此之间还是有国族意识，你是你，我是我，分得门儿清，哪个国家都有一大堆讥讽他国人的笑话，只有面对更大的外部时，方才显出一体性。这些本不待戴维来为我启蒙，不过话从他口里出来，伴以说话时的语气、表情，对我而言，倒不失为一种很可感的注脚。

其实戴维对法国人的那些讥嘲，无非就是外国人谈法国人、法国文化的书里说的那些。我固然得到一些印证，那些说法合理性究竟几何，得看你如何去求证。不过从褒贬角度去看，证以宿舍中人的言动，至少戴维指陈法国人冷漠、欠热情时，他是有理由也有资格的，因为他自己的确是个乐于助人的热心人。都说法国人善交际，宿舍中那些法国人则大多显得不善主动与人交流，不知是不是他们大多来自小地方，年岁也偏小的缘故。即较热情者，也和戴维不一样。比如那位圆胖的里昂人皮埃尔，见人总是一脸笑意，并且总想把自己的快乐传染给周围的人，只是比之于戴维的乐于助人，他带给周围人的，更多地应该说是"热闹"。

毫无疑问，我是戴维的善意的受惠者。因语言不通，戴维出现之前，宿舍里的活动，聚餐、派对之类，我大体上是避而远之，偶去一次，众人说话笑闹，我左顾右盼，莫名其妙，像个大傻瓜。参加过一次聚会，皮埃尔和塞莉娜邀我去的，但将我引到现场之后，他们显然以为已经尽到了全部的义务，皮埃尔很快开始扮演热闹场合注定要扮演的主角，或者讲些逗得众人乐不可支而我一头雾水的笑话，或是操把吉他唱将起来，活跃得像个主持人。主持人得把握全场气氛，皮埃尔眼睛扫到我时，向我挤挤眼，表示并未忘记我的存在。我间或随众人笑笑，对皮埃尔则也报以挤眉弄眼，反正不管是跟着笑或是做出其他表情，我的反应都只是为了让自己不那么像一个百分之百的大傻瓜。只有邻座一个女孩想起问我这位新人要不要再来点土豆时，我有把握知道我是懂的。记不清那次聚餐吃了些什么，就那一次，我对法国小年轻的厨艺就不再抱有幻想了。

没想到还有更难吃的。某日戴维提议聚餐，他操持的，说是地道荷兰风味，pancake。此前他曾小范围地请过客，买了一大包海虹，炸了一大堆薯条，邀人同食。这一次遍邀宿舍中人，得有二十几位，自须大操大办，从中午起他领着几个人在忙。到了晚上，我原是不去的，他坚邀，在楼底下大喊，也便入伙了。尽管有思想准备，我还是没料到，戴维向我吹嘘的荷兰美味，不过是煎饼而已。不能说难吃，至少在欧洲吃过的食品中，此物是最可在中国食谱中找到对应物的。而且咸甜并举，花样繁多，巧克力酱、蜂蜜、水果、果酱、冰激凌、奶油、起司、培根，戴维弄了一大堆来，反正所谓花样也是自己动手，拣一种或数种往煎饼上涂抹、包裹，再以刀叉割食。问题是，晚餐——应该是 dinner 哩——除了煎饼，再没别的。那晚上回到寝室我就泡上了方便面。

不过那天不再形单影只，戴维坐在我身边，时不时用英语为我解释众人正在谈论的话题，或众人大笑的原因。他还引导法国人跟我说英语，令我那一晚上过得颇不寂寞。这以后每遇聚会，他总是不离我左右，而给我当翻译，或在与宿舍管理方打交道时为我代劳，好像成了他的义务。后来宿舍中几个年龄大些的来往渐多，似也有点小圈子的意思，只要我在场，便都憋着说英语，交流之艰难可以想见，戴维的存在这时是必不可少的，像润滑剂，他令我和其他人之间三岔口式的对话得以维持不坠。

戴维也是我最主要的消息来源。对于宿舍里发生的一切，我几乎等于闭目塞听。关于谁谁谁的背景，宿舍管理者要有何举措，甚至收发室有我的信，我大都从他那里得来。有正式的消息，也有小道的传闻，不夸张地说，他是我了解周围这个小世界的主要管道。有时路上遇到，也有时是专门找到我，一见便说有事相告，往往是这样开始："Yu, I have a good news!"或"Yu, I have a bad news!"待说具体内容，不过是食堂将迟一两天关闭，或某某生病了。我学英语 chinglish 得厉害，理解很生硬，意中 news 该是很郑重，暗笑道：他哪来这么多的 news？笑话归笑话，我当然知道戴维给了我多大的帮助。

身在异国，有时候"入乡随俗"根本无须提醒，自然而然就那样了。比如找人帮点小忙，在国内或者是极随便的，到这里就有心理障碍，每求人，即使是琐细小事，即使对象是学生，亦必瞻前顾后方才启齿，并且必想着如何回报。也不知为何，我对戴维很是随便，既未想到过被拒绝的难堪，也从未想过回报的问题，我请他吃饭，送他礼物，都与"回报"无关。这肯定是因为，他的和善让我消除了距离感。

话说回来，不谈形迹，从心理的层面上说，我以为我也给了他回报，至少他能感觉到我对他的好感。并非宿舍中的人都欣赏他的和善和热心，虽说他帮过的人远非我一个——对所有的人他都怀有善意的。

有道是"马善被人骑，人善被人欺"，哪里都是一样。戴维脾气太好了，好到旁人可以拿他不当回事。我们常因旁人的有"架子"而生反感，可当真一点没"架子"，却又要被欺上身来。戴维固然这方面没什么资本，不过至少以年龄论，他是在"上"的，而照我的观察，在法国人中间，岁数上的尊卑意识还是有的，少小者对年纪大些的人，至少大面上，不那么放肆。戴维则似不知矜持为何物，与那些法国小家伙比起来，反倒是他显得更没有城府。后者的轻慢，甚或见于辞色，而戴维的好意，也有人并不领情。那次煎饼宴上，就有那么一两位，对他的手艺面露鄙夷之色。我都看出来了，我不相信戴维毫无觉察，但他看上去却是浑然不觉。事后有人私下嘲讽他，无非"给吃的什么玩意儿"之类。一暂住宿舍的中国留学生告诉我，有人还对如此简单的饭食是否需每人付三欧元表示怀疑，倒好像戴维在借此敛财——照惯例，这一类的聚餐都是有人发起，愿意参加者交钱让他去操办。不知有意无意，居然有几个吃后没主动交钱，戴维不好意思找他们要，只私下里对我嘀咕了几句。

吃力——想想要一张一张摊出可供二十几人的煎饼——不讨好的事不止这一桩。此前单是二十人以上的聚餐他就组织过两回，小型的，他干脆就请客。若是他手头不那么拮据，他恐怕还会更慷慨。

戴维没正式工作，此前从事过的，都是些收入不高的职业，没什么积蓄，搜集材料写论文这段时间，他的全部生活来源就是给荷兰使馆或是荷兰侨民的机构、个人译些法律方面的材料，这样的打零工报酬很有限，我记得他有次流露出对中国同行的羡慕，因中国在法国的人很多，市场大，翻译活计就多，报酬也明显高于他们。我怀疑苦日子他过惯了，我模糊地知道，他的家境不大好，他与家人的联系也不多，他不去外面的餐馆、酒馆、咖啡馆，除了到学校的免费场地打打球，再无什么其他娱乐活动，图书馆、计算机房、宿舍，此外超市、教堂，生活近乎斯巴达式，却并不抱怨，或像保罗那样有委屈之意。

我不知道宿舍中人对他的轻慢是否多少与此有关——隐性的嫌贫爱富，此种势利眼是超国界的，除此之外，他们的态度会不会与他的不够聪明，或说难听些，脑子不好使，有那么点关系？

戴维确乎不大聪明，除了与人交往反应有些迟钝之外，这也见于他的博士论文进展的艰难，尽管他一直在孜孜矻矻地用功。他对保罗流露的钦羡之意以及夸张的称道可能也从反面证明了他自己在读书做学问上的吃力。保罗是罗马尼亚留学生,年轻,只二十二三岁,记忆力强,反应也快,在戴维眼中,简直是个天才。依我看来,也许是高估了。人对某种自己缺乏而他人具备的才具,常有放大的倾向,或是雾里看花的钦羡乃至崇拜,或者出于嫉妒、要强否认、贬低其意义,戴维厚道人,当然属前者。他对我高看两眼,恐也与此有关——因为我在大学教书,他就以为在某个其实他不太摸门的领域里,我是个成功者。有时他会跟我说起他的论文,问我论文怎么写,虽说我不可能给他什么帮助。从中我倒听出来了,他对论文实在没什么概念,而他的导师对他的论文计划大约也不大满意。我猜测导师对他有时也不那么客气,就像我自己对不开窍的学生偶或流露出的不耐烦。

当然,论文在我与他的闲聊中只有极偶然的情况下才会提及,即使只讨论论文的一般要求,对我和对他,也都太难了,若谈起也必错进错出,难得要领。通常的话题还是身边的人与事。他也臧否人物,甚至不乏调侃讥讽,当面挖苦的时候也是有的。不过都来得"钝",一点也不"毒",我不知道是否厚道人讽人,就必是温吞。

二月间宿舍里来了个名叫悉德尼的刚果留学生,有种不招人待见的自来熟,不识眉高眼低,又喜咋呼,每开口即不免大呼小叫。秘而不宣的歧视加上法国人对礼数的讲究，让大多数人对他看不惯，见他出现就设法趋避，嫌憎之情形之于色，就好像文明人撞上了野蛮人。戴维常笑话他，有次我们几个人在二楼机房里上机，就听悉德尼在下面一个人嚷嚷，过一会又唱起来，众人都觉得烦，保罗更是愤然作色，骂出声来，戴维起身笑道："我去让他安静下来。"下去一趟，再笑着上来时，下面果然没声了，他还又追加了几句挖苦的话，却一点没有嫌憎的意思。我不知道刚才他使了什么招，没伤到悉德尼是肯定的，刚果人也一直最喜欢拉着他说话。

顺便说一句，悉德尼跟我也很亲近。他不会知道他们过去的国家首脑送毛泽东芒果的佳话，中国在刚果援建的项目，以及"第三世界"的概念却让他像很多非洲人一样，对中国有某种天然的亲近感，好像到现在也还有把中国当"第三世界"盟主的意思。不过中国对他最有吸引力的乃是他从风靡的功夫片里看来的"中国功夫"，老缠着我让教他几招。为表示他对功夫并非一无所知，有次我们三四个人正说着话，他忽然就插进来，说他箱子里有他买的练功服，要穿给我看，并要表演几招，我笑说不必了，我信。他正在兴头上，一定要众人鉴赏，扭头就往寝室跑，过一阵大呼小叫跑回来，果然着一套不伦不类的练功服，背后一个大大的"武"字。而后真也摆了几个架式，最能发上力的，似乎是嘴里不住迸出的"嗨！嗨！嗨嗨!!"之声。他对功夫片里的飞檐走壁无比地神往，我告诉他那都是夸张出来的，他坚决不信，倒好像我在藏着掖着。凡此自然不免被我们笑话。

戴维取笑他人，也不是没有语含"恶意"的时候。比如三月份宿舍中一批人进修期满要离开，保罗、露西等几个来自东欧国家的要回国，颇有几对临时鸳鸯只怕就此也就走散，他便对我笑道："Everything will be finished."言下颇有幸灾乐祸的意思。按照某种心理学的说法，这反应就该解为嫉妒心理的现出原形，眼见别人卿卿我我不免眼热。有个性情孤僻的大龄中国女学生WL似乎有些厌憎地说起过戴维的"古怪"，不知是否暗指戴维曾对她献过殷勤，我也没细问。以我所知，他对男女关系似乎很认真。保罗喜欢议论谁谁漂亮，谁谁难看，戴维的议论听上去全是道德考量，如说露西在交男友上"不严肃"，玛考等则"严肃"，"严肃"在此全然被当作是褒义的。对几个常给我帮助、他也见到过的几个中国女学生，他的总评是"安静"。WL则过于"安静"，缺少与人的交流（不知是否因此之故他就怜香惜玉，想接近她）。"安静"在他那里也是一个褒义词，后来我发现他的摩洛哥太太也很"安静"。至于"安静"与"严肃"之间有无什么相通处，我不知道。还有一个不知道：倘他知道在法的许多中国女孩都有法国男友，并且不少都换过男友且有同居的经历，不知他是否会对中国女孩维持"原判"。我并不觉得自己是多么开放的人，不过我以为戴维有点过于正经刻板，或者说，过于老派了。

从某种角度，说戴维正经并没错，尽管他很少说大道理，不管是以一本正经的方式，还是以苦口婆心的方式。他是基督徒，不过我想象中一个宗教信徒言动上会显现的某种严肃，在他身上并无显现，他通常总是很随和，看上去并没有什么原则要坚持。只是每个周日一大早他必去教堂做礼拜，从无间断，好几次我睡了懒觉起来，发现他已做完礼拜回来了。他二十几岁生过一场大病，据他所言，那以后，一切都不一样了。

不过信仰并未对他的婚姻构成障碍，他的妻子法蒂玛是阿拉伯人，自然信伊斯兰教。记不清是到摩洛哥工作，还是去旅游，在卡萨布兰卡认识了法蒂玛。从认识到相爱到结婚，肯定是他主动，应该有一段不乏曲折的故事，虽说不会有《北非谍影》的浪漫。据我想来，戴维虽喜欢与人搭讪，不分男女，进入特定的男女关系层面则颇拘谨，追女朋友一定是比较笨拙、蝎蝎蛰蛰的那一种。女方家里一开始是不同意的，当然，后来是应允了，他给我看过他与法蒂玛及家人在一起的照片，穿一件阿拉伯人的袍子，缠着大大的包头。他指责宿舍里的露水夫妻不"严肃"，他自己的严肃则最见于他对婚姻的态度。他显然将与法蒂玛的关系看得很重，不管此前他有没有过女朋友（好像是没有），现在这位阿拉伯姑娘绝对是他的唯一。他不止一次向我说起过她，有时是接到她的来信（这也属于"good news"的范畴），有时是去信一段时间未得回复。他下决心要在法国拿到博士学位，乃是为了日后在法国找到工作，而有此一念，全因设想家安在法国对法蒂玛更相宜，摩洛哥是前法属殖民地，城里人多通法语。他一直在攒钱，准备让法蒂玛到法国来，这部分地解释了他平日何以生活得那么清苦。即使如此，我也难以想象，以他的状况，他怎么能攒够所需的钱。

是不是因为有个"弱小民族"妻子的缘故，使得戴维对周围的人都一视同仁？当然，基督徒的身份，他所说的荷兰社会较富平等意识，还有，他本人就比较"下层"，也许都可以是部分的解释。戴维大概是宿舍里唯一一个与所有人都能打成一片的人，各色进修的人不必说了，打扫卫生的女工、食堂的小伙计，他跟人都有的聊，而且并非出于礼貌，没半点俯就的意思。与他相比，保罗是更穷的"穷人"，却有落难公子的味道，即与位卑者打交道，也似心有不甘。戴维对宿舍里的"弱势群体"（来自非洲或东欧）有亲近感，在一起似乎更自如，谈论起来也比对法国人宽容得多。比如，对帕沙的不"严肃"，他就未加指责。

帕沙只二十出头，来自阿尔及利亚。因为学的是英语（法语对他们不算外语），与我交流也较多。他到法国后就和一算是远亲的女孩好上了，两边的家长坚决反对，女孩家那边且放下狠话，称发现再有来往就打断他的腿。所以帕沙有时会愁眉苦脸对我叹苦经，他的英语自不如戴维，发音又怪，我只能影影绰绰听个大概。确切知道的是，他隔段时间就去趟巴黎寻女友，约她出来会面像搞地下工作。回来后必有几天，穷得狂啃面包。有时精神振奋，有时情绪低落，要看巴黎之行的情形而定。有天中午他满脸放光，说女友忽然给他打电话：下午就到阿拉斯来看他。未料晚上帕沙找上门来，问我是否知道戴维在哪里，问时神色慌张，人跟遭了霜打似的，原来那女孩怀孕了。整个宿舍里平时没几个人愿听他诉说，戴维是他最信赖的人，他显然是要向戴维问计。我不知道戴维能给帕沙什么帮助，他又做了什么，事实上两天后也就得知，所谓怀孕不过是一场虚惊，不过帕沙后来对我提到戴维，一脸感激的样子。

"未婚先孕",而且将来似也不可能有结果,照戴维的标准,这绝对是不"严肃"的,他倒没议论什么。我开玩笑说这里面暗含了对其他人,尤其是法国人的"歧视",他只笑笑,不说什么。反请我不要将帕沙闯祸事对别人说,连对米拉耶、保罗也不要说,竟有点"家丑不可外扬"的神情。天知道,我哪有闲工夫散布这些"news"?谁又会把这当回事?多余的郑重其事。——不过回头想想,又有几分惭愧:我听帕沙絮叨,大体只是出于好奇,从不操心,戴维则是真的会"操心"的。

也是"操心"的缘故,而非出于礼数,与他走得较近的人要离开,他不是遇见时随便漫谈两句算数,总会专门话个别,帕沙如此,至于他一向看重的保罗,他是拉了我一起去的。正因如此,他本人离开阿拉斯时居然跟谁都不打招呼,不声不响没了踪影,就让人感到很是突然。有几天宿舍的人碰面常互相询问看见戴维没有,都摇头。起初以为他是短暂外出,后来米拉耶从宿舍管理人员那里得知,戴维已退了房,可知是不会回来了。再过几日,米拉耶和我分别收到他的法文、英文邮件,对他的不辞而别大表歉意,说原因他以后会解释,听上去另有隐情,弄得事情有点神秘。到最后我也不知所以然,也许我给他对此事并不关心的印象,也许原本没什么了不得的隐情。

我所说的"最后",是指他离开阿拉斯两个多月后,我与他又有一次相聚。其时他早已与法蒂玛在法国南部小城阿维尼翁安顿下来。他给我的邮件中一再提到现在与法蒂玛在一起,多么多么"happy",此外就是报告他的论文正在"make good progress"。我心说,在阿拉斯你看上去挺"happy"且该词是常常挂在嘴边的呀——当然,与妻子相聚,"happy"又是别样的。他选择到阿维尼翁落脚,就是为了法蒂玛,法国南部温暖的气候与摩洛哥比较接近,若是在北部,体弱的法蒂玛就难适应。此外,阿拉斯的宿舍都是单人的,出去租房则对他是个不小的负担,经多方打听,他终于在阿维尼翁找到了可供夫妻入住的学生公寓。

六月初,我要到里昂大学做一个讲座,里昂距阿维尼翁不远,戴维坚邀我去那里一游,说就住在他那里,方便得很。阿维尼翁是十四世纪罗马教廷所在地,所属的普罗旺斯地区亦闻名遐迩,原就打算去的,见戴维话话旧,还可由他当导游,自然求之不得。

我到阿维尼翁已是晚上,人生地不熟,八点多钟才找到戴维的住所。戴维很高兴,满脸是笑地为我和法蒂玛相互介绍,用法语跟她说,用英语跟我说。他显然以有我这么个朋友为荣,大约与法蒂玛说过多次了,此时还又强调了一下我的大学教师身份。法蒂玛一望而知是北非人，瘦小单薄，很是安静，有点像旧时的中国妇女，似乎随时可以忽略她的存在。戴维对她却颇体贴，总在试图将她拉入谈话中。以前的邮件中说起过，法蒂玛是从摩洛哥乘船过海到西班牙，而后一路坐长途汽车过来的。千里迢迢，辛苦可知。他没解释何以做这样的选择，却也不难猜测：不要说飞机，即使火车，费用也比汽车贵得多，戴维负担不起。而看样子，法蒂玛苦日子也是过惯了的。

他们的住处也分明见出他们平日生活的清苦，房间里除了一张双人床，就是几件最简单的家具，差不多"家徒四壁"。固然这是学生公寓，不过简陋至此，没一点藻饰的，还是少见。

原以为戴维邀我来住，必是他们住着个小单元，我在外间搭个铺吧，到这里才发现，他们就这么一间。因想大概现在正放假，公寓必有空着的，戴维与熟人说好了，借住一下。一边说话，一边就等着他领我过去。不想他一直没动静，时间已经很晚，他见法蒂玛有些困倦，让她先睡，法蒂玛便上床朝里睡了。他还是好整以暇地跟我聊，直到快十一点了，才站起身从床下拖出一张折叠床，打开来在房间中央放好了，道，你就睡这里吧。我没想到是这样，此前见法蒂玛躺到床上，说着话时我已经有点不自在

好人戴维　157

了，这时更觉意外。我想应在附近找家旅馆，但戴维必说没关系，并不打扰他们。若坚持去别处，他会不会以为我是嫌弃他这里条件太差？看样子他与法蒂玛早就商量准备好了的，不住反倒让他们难堪了。这么一想，也就罢念，随他安排了。虽说那晚上睡得真不舒服。

除了睡觉，在阿维尼翁的两天过得很愉快，他们夫妇俩差不多是全程陪同，倘若不是那一阵法国全国都在闹罢工，他还想领我去稍远一点的小镇。就这样我已经过意不去了，尤其是越发觉察到他们的窘迫。他们引着我转了大半个城，还徒步去了河对面的古堡和村子，事先就准备了吃食，并备了几只空矿泉水瓶子，沿路接自来水喝。戴维虽没有说招待不周之类的客气话，我知道他还是有点歉然。想到这一点我就更不自在，虽说另一方面我也知道，能够给我一些帮助他是很高兴的。

回国后一段时间里，我和戴维仍还有邮件往还，只是他那边来得多，我这边回得少，而且总要隔很长时间才回复。一者回到国内，乱七八糟的事就多起来，二者写一次英文邮件，得憋上半天。不过我也怀疑，是不是时过境迁，戴维对于我变得无足轻重了，在法国他可是惠我良多，记得他不辞而别后有一阵子，我甚至有些失落的，他不在，好像宿舍对我又重新回到只是一个住所的状态，与周围的人再无交流了。也许，我从来就没把他看成一个真正的朋友，像他对我那样？

戴维知道我写英文的艰难，有次他在邮件里说，可以用中文回复他，他认识了一个中国留学生，可以念给他听的，他甚至还请那学生用中文给我发过邮件。但很快我们又恢复到用英文联系，因那学生转学到别的城市去了。再往后，联系就断了。问题出在我这边：通常我只在邮箱里保存他最近一次的邮件。有天我想起拖了两个月没回复戴维了，遂准备打起精神来憋英文，不想那封邮件却遍觅不得，想是哪次不慎清除掉了。我不免有几分自责，却也无可如何。没想到前一阵在邮箱里疯狂寻找一个邮件，无意中却发现了一封漏删的，却并非最后的一封，时间是二〇〇四年初，我已经回国一年多了。其时他们仍在阿维尼翁。他第 n 次提及他相信他的论文"有了新的进展，但仍有大量的工作要做"。此外，他说他和法蒂玛想到中国旅游，并且正在攒钱，当然，"攒钱需要时间"。我因想起在阿维尼翁时他向法蒂玛解说我送给他们的中国礼物的情形。看得出来，他们对中国充满好奇。

那封邮件我肯定回过的，再度出现，其中关于他们想来中国的话尤其让我觉得应该赶快发一封邮件，恢复联系之外，跳过其他，再回到这一点上。邮件的确也发了，我问他们何时来中国，请他们一定到我的城市，给我机会接待他们。这一次却是戴维那边没了回音，他换了邮箱也未可知。

人和人的相遇有时就是有很多的偶然，不知怎么碰上了，而后走散了，就此也就再无消息，两道轨迹极偶然地相交，令你无端地想到"芸芸众生""茫茫人海"之类的词。我不知道戴维夫妇现在在哪里，生活得怎样，也不知道他一直在奋斗的博士学位，拿到了没有？

柏利文的婚事

柏利文是法国人，一米九八的个头，和亚洲人相比，整个大一号。

首尔是大都市，韩国外国语大学更是国际化，来自世界各地的教师、留学生成群结队，大家对外国人已相当淡定。但他这么大块头出现在那一带街头巷尾的东方人堆里，还是有几分突兀。

让他显得特别的，还有他的衣着。韩国人的穿着偏于正式，教师更是如此，大都西装革履，望之俨然，即使炎炎夏日，西装再穿不住，也还备着，搭在臂上，似乎随时准备上身。风气如此，外籍教师入乡随俗趋于正式的，也不在少数。柏利文常是下穿一条松松垮垮牛仔裤，上穿一件套头衫，比学生还随便。只有从年龄上去推断，才会猜他是教师。

这是形之于外的，更令人称奇的是，他在韩国外国语大学中文系教中文，用英语。一个法国人在韩国用英语教中文？有没有搞错？！头一次在公寓的电梯里碰到他，他自报家门时，我就听得云里雾里，因急着去上课，也未及细问。后来助教告诉我，他的确是我的同事，在韩国已经十几年了。

第二次见面，是同事聚餐时。韩国是个特别讲究等级的地方，尊卑上下，含糊不得。柏利文虽四十一岁了，在座中还是小字辈，又加都是说汉语，绝大部分时间，他只有听的分儿。其实他中文很不错，原本就是学中文出身：二十年前，他在巴黎大学读的就是中文系，后来跟一位著名汉学家读博士，论文写的是汉语词汇对韩文的影响，为此到韩国光州一所大学，边教法语边学韩文。拿到博士学位后，又到北京大学中文系做了三年博士后。他自觉学历是很硬的，但在法国愣是没谋到教职。对他而言，在中国或是韩国找个教法语的工作易如反掌，但他不愿。恰好韩国外国语大学在推行国际化，不管什么院系，皆以能英语教学为尚，中文系也设全英文课程，机缘巧合，他便应聘来了这里。

所以，他中文水平是没问题的，我想他话少，多少也是在韩国日久，入乡随俗，识得眉高眼低了。散席时他很认真地跟我说，有什么需要他帮忙的，只管找他。我想起这话头次在电梯里遇到时他就说过，同样的神情。我倒没当是照例的客套，只是也没觉得有什么事他能帮得了我的忙。下意识里，恐怕我是觉得他比我更是一个"外人"，虽然我初来乍到、语言不通（在西方国家还能看点、说点英文，在韩国反倒成了更彻底的文盲），但是相近的文化、同样的长相，还是让我感到"自来熟"。

有这感觉也许不是没理由的，不过至少从"硬件"的方面看，对这里更熟的不是我，是他。他近来正在写一本关于韩国历史文化的书，而我对朝鲜半岛的历史，除了"抗美援朝"，所知差不多近于零。此外，更具体而微的，一起去吃饭，他跟店家寒暄，向我询问，解释菜单，再跟店家拉呱儿，我在一旁只能当哑巴。长相一样的东方人由一深目高鼻者居间当翻译，这画面多少有点怪。

那天吃完饭，两人移师学校后门一家他视为据点的咖啡馆继续聊天。韩国的咖啡馆多如牛毛，外大附近怕有几十家。他对这家情有独钟，盖因二楼有个开敞的阳台。熟门熟路径直将我引到阳台，在有点委屈地安放好两条大长腿之后，他有几分得意地告诉我，这地方快成他的专座了：白天来，即使里面人满为患，这里也几乎总是空无一人，他正好独霸一方，得其所哉。他平日来这里看书、写作，有倦意了抬头看看校门那儿进出的教师、学生，还有下面已然熟悉到不能再熟悉的街景，发发呆，再继续。

我于是联想到巴黎晴空下乌泱泱全是人的露天咖啡座，似乎只要不下雨，法国人都更愿意坐在外面，哪怕临街车来人往，比里面多一分嘈杂。我当然知道，韩国人对白肤的崇尚恐怕还要在中国人之上，他们不肯坐到阳台上，是躲开日晒与风吹。柏利文在韩日久，哪有不知道的？但他还是多少带着点鄙夷，对韩国人舍外就内的选择表示不解。

还有一样他和我都表示不解的，是韩国学生对分数的计较。期末考试刚刚过去，不断有学生打电话或发短信询问成绩，意思就一个：我的分数怎么那么低？接下去自然是希望成绩能提高一档。有自认考得很好被压低了的，也有自知考得不佳演苦情戏的。柏利文和我都颇以为烦。我的口语课是口试，手松些，他的语法课是笔试，白纸黑字，想"高抬贵手"都难，事就更多。我们交换各自家的"行情"，都说这样的情形从未碰到，遂认定大面积的讨成绩属韩国特色。说话间又有两个学生打电话过来，他一边接电话一边对我摊手摇头，一副不解加无奈的表情。

虽有些文化上的差异，柏利文对韩国倒是喜欢的，好多年下来，他对此间的生活早已习惯了：假期回法国，时间待长了反倒不习惯，再回到这边，始觉心安。这心安与法国社会的不安有明显的因果关系。因种族等问题,现在的法国太乱了,而韩国秩序井然。又一条,教师在韩国很受尊敬,在法国就是另一说了。我开玩笑说:"你不大爱国嘛,反认他乡作故乡了?"他认真回道:"真的,每次回韩国,都有回家的感觉。"

其实以"成家立业"的角度说,他还没有"家",至今仍是光棍一条。不过,据说——我想起聚餐时同事开他玩笑——将要迎娶俄罗斯美女,便问他究竟如何,他说确有其事。一个法国人与一个俄国女人在韩国相遇,要组建家庭了,说起来又像个故事。他的未婚妻原在俄国的一家美国银行工作,那家银行在韩国有分行,前几年就把她派到了这里。"一句韩文不会说,居然被派来了。"柏利文笑话道。

两人是在首尔欧美人的社交场合认识的,而后是相恋,顺理成章,就到谈婚论嫁了。这很可以用上中国人的"缘分"一说,当然用更现代的语汇,则应是"地球村""国际化"之类。总之,加上这个正在展开的新故事,描述柏利文其人其事变得更绕、更复杂:一个在韩国用英语教中文的法国人,将要和一位在韩国的美国银行工作的俄罗斯女子结婚了。

但是谈话并没有在他行将到来的跨国婚姻上多做停

留，柏利文自己似乎也觉得二人的相遇有点不可思议，只是话题很快转到了别处，确切地说，是转入到他过去的情史。有意思的是，在终于迈向婚姻的当口，想想看，这是这个年过四十的人的第一次婚姻，我们有一番关于婚姻合理性的讨论，且分明是持怀疑论的观点：他和我都倾向于认定婚姻毋宁是一种权宜之计，远没有那么天经地义，作为个体的人都有维稳的需要，然就天性而言，见异思迁、喜新厌旧倒是自然而然的。

不记得我们怎么说到这上面去的，可以肯定的是，并不是有意为进入他的情史做铺垫。事实上他说到其他女朋友（比如在北大做博士后时的中国女友）时都一带而过，重点是他在光州教书时的韩国女友。略彼而详此，多少和我的发问有关。我问他：在韩国那么多年，又很喜欢这里，怎么没找个韩国女人结婚呢？他说在光州有过一个女友，同居了很长时间，甚至有结婚的意向，最后还是分手了。

我当然要问缘故。他说那女的太厉害了，以"吃不消"或"受不了"（二者必居其一）概括他的感受，说着便不住摇头，大有不堪回首、一言难尽之意。接下去便部分地进入了控诉模式。他最受不了的是为一点小事生气、吵架。"她不跟你讲理"，吵起来像疯了，而且不分场合，说翻脸就翻脸，"你没有办法讲理"。他一再重复这意思。看他愤愤的表情，我想起曾经风靡一时的一部叫做《我的野蛮女友》的韩国影片，暗自发笑，想到真人版的"野蛮"让他给碰上了，够他喝一壶的。

我很好奇他所谓"小事"究竟是大是小，让他举例说明。"我给你，我给你"，他急切地回道（显然是"不胜枚举"），而后不假思索，给了我一串。我的记忆自有一番去粗取精的过滤，最后剩下下面的三个。

其一，往来一段时间后，有个暑假，他要回法国，公寓空着，便告女友，若愿意可住过来，遂交给她钥匙。度假归来，他发现一屋子东西：她不仅人住过来，且把整个家搬过来了。"事前完全没和我商量，她怎么可以这样?!"说了她几句，她立马大哭，继之以吵闹，不可开交。

柏利文并没要我评论，不过我还是尝识对他女友的激烈反应做出解释。我说，那女孩一定深感委屈，她这是把自己整个交给你了，没准儿还想给你一个惊喜呢！他不接茬，兀自道："怎么不和我商量就这样？这是我的地方啊！"

其二，二人一起去新加坡旅游，安顿好了刚出门，遇一服饰店，女友便迈不动腿了。他以为初来乍到，有那么多的地方可看，一头扎到这里耗时间，太不值。而且在他看来，这里的东西和韩国那么多店里的也差不多呀，便好言相劝，说可以等转过景点、博物馆之后再逛店。她立马恼了，也不跟他论理，扭头走了，把他一人晾在店里。他也很生气，觉得简直不可理喻，而后大急，因为是他带她来新加坡的，她人地生疏，跑不见了他要负责的。他遂四处去找，最后找到了，她正站在路边哭哩。

其三，他有次领女友去一家高档西餐馆吃晚餐，点了很贵的红酒，一餐下来，差不多一个月的工资没了。他说，那个晚上很美好，很浪漫。没想到第二天有个黑人朋友来访，风云突变。他已经很长时间没说法语了，和朋友聊得特别开心，女友不通法语，自不能参与，似乎也不想参与。他们聊得兴起，大概时间不短，她忽然从另一房间里出来，给他脸色看，等于下逐客令。结果当然是一顿大吵，两人吵得天翻地覆。女友认定自己被晾在一边了，他则不明白：难得来个说母语的朋友，你安安静静自己看会儿书或干别的，有什么不可以？

吵架似乎成了他们同居生活贯穿的主题，至少柏利文感觉是如此。关键是，他摸不着头脑，什么事情都可能成为冲突的起因。"真搞不懂东方女人。"他沮丧地说。也许是意识到打击面过大，他又改口说韩国女人。"有事情可以商量嘛，为什么就不能理性一点呢？"我估计他不知中文里就有从"hysteria"音译来的"歇斯底里"这么个词，否则他一定愿意用上。

我不相信他们的日子全由一场接一场的争吵连缀而成，既然举例是定向的，他沉浸在由女友"野蛮"而来的苦大仇深的记忆中，也顺理成章。不过他还是说到了韩国女友的漂亮："真的，她长得很漂亮。"我差点笑出来，因为想到"漂亮不能当饭吃"的老话。我没好意思问他：这句体现中国人实用主义的话语，可否拿来为他俩最后的分道扬镳做注？

我也记不清他有没有把这场失败的跨国恋情归因于文化的差异，比如，东方女子柔顺外表下藏着的以守为攻、以退为进的侵略性，西方人坚持保留个人空间的个人主义，反正他没有归因于性别战争。极度的悲观论者认定，男性与女性简直就是两个物种，或者是两条道上跑的车，各有一套逻辑，没有理解，只有误会。这套理论的发明权应该是属于男性吧？好像通常都是男性在尝到了女人的"不可理喻"之后有如此这般"痛的领悟"。这样的语境中，非理性就是女人的本质。

柏利文显然没那么悲观，这从他对未来婚姻抱持的乐观态度中可以推定。他说他和俄罗斯女友之间不会有问题，遇事他们可以坐下来商量。我没见过他那位通情达理的未婚妻，她当然算西方人（虽然在西欧人的概念里，俄罗斯人有点"东方"），但柏利文肯定不是因为这一点，或因为她的理性就去追求她。如果拿"理性"说事，西方女人在他们传统文化（男权文化？）的定性里也是不可理喻的。好些相当写实的欧美电影，女主"野蛮"起来，爆发力惊人，相当之恐怖。柏利文吃不消的，是东方女性"碎碎念"式的爱使小性也未可知。而说到底，最终遇上的还是一个一个的人，而不是文化，至少不是标签化的"东方""西方"。

那次聊天，海阔天空，在首尔，自然话题绕着韩国走，他说喜欢韩国是不假的，不过似乎还不足以让他选择长久地在这里工作、生活，因为不习惯的地方亦不少，包括韩国女友让他尝到的苦头。何不回法国？他后来有机会在法国谋到教席的。他想了想，很实在地说，这边的待遇更好。在韩国外大工作，工资要比法国大学高，而且在巴黎，房租差不多就要用掉工资的一半，韩国外大则免费提供公寓。当然，现在又有了新的理由：他的未婚妻在这里。

绕回到他的婚事，也算是"曲终奏雅"了，却是以谐谑之语做结。柏利文说起他的一位瑞典朋友听闻他要结婚时的反应:"结婚?你为什么要结婚?!不结婚很自由,结了婚就做不成 playboy 了,有什么好?""他比我大五岁,"他表情略带夸张地笑说道,叉开五指比画着,又加了一句,"四十六岁了!"做此强调,大约是怕我放过这里的笑点:他年过四十尚未婚配,已是够浪荡的了,现在一个年岁比他更大的单身汉劝他不要结婚,理由是将丧失继续逍遥做 playboy 的权利!

  柏利文不难对他的瑞典朋友做"同情的理解",也未必就觉得他的 playboy 立场有多么可笑,不过他显然对自己的选择毫不动摇。暑假过后再次见到他时,他告诉我婚期已定了,就是当年的圣诞,不过不会有什么排场的仪式,回欧洲办个手续就去旅行。我忽想起上次喝咖啡时关于婚姻合法性的讨论,当时就问过他:既然认定婚姻并非本于人的自然天性,为何还要选择结婚?我已忘了他怎么回答的,于是再把这问题撂给他。他回道,他还是希望有个稳定的家庭,他也想有自己的孩子,那就得结婚。我问他想要几个孩子,他很肯定地说:"两个,一儿一女。"

故　人

词语真奇妙，字典义是一回事，你的语感又是一回事：它会附着一些个人化的说不清道不明的感受。比如故人，不用查字典你也明白的，是指过去认识的人，但是，你显然不是遇到所有过去的人都能如对故人。对我而言，故人须得能唤起一种亲切感，这亲切感又是既往某种好感的重拾。我的最严格的定义是：熟悉的人出现在熟悉的背景上。

然而现代生活的节奏太快，环境在变，人也在变，仿佛倏忽之间，已然面目全非，所以我总模模糊糊地觉得故人是一个前现代的概念。我不知道，在槟城认识的几位生意人可不可称为故人，可以肯定的是，这里的故人之故，与槟城还保持着前现代生活的面相有关。

第一次去槟城是十五年前，十五年的时间，在中国的城市，足可天翻地覆了，槟城则当真是依然故我。原来的树、原来的街道、原来的房屋、原来的商店、原来的餐馆、原来的小吃摊、原来的人……还在原来的地方。比如我去授课的韩江学院,当然有人事变动,许多老面孔却还在。照面最多的人之一是食堂的一位胖胖的大嫂,晚上课间茶歇由她张罗,几茬学生过去,我倒成了她此时最熟的人,见面必问:"南京现在怎么样?"

我认路的本事极差,大体是不辨方向,不记路名,只知跟着感觉走,槟城我隔几年才去一回,每次也不过待十天半月,这次是隔了四年再到,居然仍能凭记忆摸到我想去的地方——无他,一路上都还是熟悉的场景。我知道到光大(Komtar)的某一侧可以找到那间做叻沙出名的店,知道看见一家本地有名的香饼店招牌之后往右一转,就可在一小小巷口找到那家卖煎蕊的小摊子,如果不见了,那也只是时间太晚,卖完收摊了。总之,那些被我充作地标的地方都还在,十几年后,我还可以追随着它们的指向走街串巷。

光大是槟城的著名地标,几十层的高楼,如同几十年前南京的金陵饭店,金陵饭店在新街口商圈中早已泯然众人,光大则依然鹤立鸡群——虽然内里已衰败下来,其购物中心的地位,被新起的一些进驻更多国际品牌的新型广场取代了。那一带我每次必到,因每到槟城必逛乔治市,光大就在乔治市内。作为殖民时代形成的老街区,乔治市前几年入选世界文化遗产名录，其原汁原味的建筑与街巷吸引了不少观光客，特别是拍电影、电视的人，几年前路过，《色，戒》剧组就在那里拍街景。升格为遗产并未给这里带来过度开发，乔治市仍维持着斑驳的旧貌：一家挨着一家的小店铺，大都是不大的门面，里面挤挤挨挨堆满货物，各做各的小生意，极少见到连锁店。

起初我到那一带，有一个目的是购物，因有特色的工艺品，如锡器、巴迪布等，似乎在那里才能看到。一回生，二回熟，来槟城次数多了，买东西成为次要，但有几家店铺，只要经过，我还是会进去看看，因为店里的人已经熟了。也未必是次数多。比如光大里面的一家友谊巴迪屋，此前我就只光顾过一回。槟城的生意人，但凡年岁在五十以上的，就还是老派的风格，喜欢跟人聊，如数家珍似的介绍各类货色，帮你出主意之外，还说些别的，包括问你的来历、情况，也说自家的事，买卖伴着家常，往往闲话家常之间就把生意做了。

那回我逛到友谊巴迪屋时，时间已经很晚，好多店铺已打烊，这家的老板却还是好整以暇，一件一件地给我往外拿货品，指点门径，手绘得如何，图案模子蜡染得又如何。得知我从中国南京来，又问了我到此有何公干之类。到临了我也并未买很多东西，店主包扎好之后，又问起怎么回去，知道我要打车，便告大概价钱，提醒当心挨宰，后忽然道，顺路，我们载你回去吧。就跟老板娘用闽南话说了几句，收拾东西拉下店门，拎着要带回家的大包小包往回走。我随他们到停车的所在，他们不紧不慢打开后备箱放东西，放不下就放到后座上，及至请我上车，则又抱歉让我与一大堆手帕为伴。我在一边等着时，觉得这次购物经历太不典型了，倒有几分家常的风味。

过几年又到光大，发现这里萧条了许多，大半的店铺没开张，卷帘的铁门拉下来，一家连一家，看去像准备迁址的大市场。我是不经意间走到那间巴迪屋的，还是原来的位置、原来的格局，它们帮助我认出了店主，店主没听我讲两句便也想起前情，遂欢然道故，他甚至回忆起当年我买下的是哪种图案的巴迪布，又买了这个那个的，我倒真是想不起了。

事实上我去得更多的是槟榔路上的两家以卖锡器为主的工艺品店，与光大毗连的一座人行天桥下去就是。几天前学生领我到那一带的一家店吃煎蕊，车在四岔路口那儿绕了一圈，天黑灯暗，只见到路口的几幢房子在翻修，也没留心那两间店是否还在。问学生，则说乔治市申世遗成功之后，房租涨了好多，有些店搬走了，但多数还在，因守着店的多半是老人，房子是自己的，也不想挣大钱，就开着店，也算有事可做。我只是随便一问，并不想知道究竟，因并没打算买什么。和巴迪屋老板聊天时，却忽地动了念，想去访访那两家，看看到底还在不在，倒真像是要证明什么似的，虽然在与不在，与我没什么关系。

槟榔路因为有几处店铺在翻修，看上去有点异样。一些店铺还没开门。就像不记路名一样，我也不记店名，都是凭着大致的方位摸过去，尚未开门的店铺看着大同小异，不过我还是认出了较大的那间工艺品店，因它家门面明显地较相邻的店铺要大。不比大商场，槟城密密麻麻的小店铺何时开门是没准儿的，经常也不标明营业时间。正犹豫要不要去张弼士故居那一带溜达一圈再来，却听里面一阵响动，卷帘门启开了，开门的是个老者，不认识，我打个招呼便往里走，边走边对欲加阻拦的老者说，我来过好多次的——倒好像这可以是闯人家店铺的理由。

我像是有几分急切地要找到那张熟悉的脸，不知道姓名，甚至模样也有点模糊了，但我相信见面就能认出来。果然，认出来了，其实除了那老者和一中年妇女，就他一人。到现在我也不知道他是老板还是店员——像个精明的伙计，又像个精明的掌柜。槟城的店家，往往是亦老板亦店员，我觉得老式的掌柜、伙计这样的叫法搬到这里很对味儿，老舍《茶馆》里的王掌柜，你说像掌柜还是像伙计？我疑惑他是店员，许是从年纪上下的判断，十五年前来此，他还是年轻人的模样，现在是中年人，却也不见老，穿一件带纽扣的无领T恤，似乎多年前就是那样。

他一下就把我给认出来了。他喜欢直直地看着人，说话也相当专业——我不是说他不寒暄，不，他跟我提起记得我来过多次，并跟我核对一件造型有点特别的雪兰莪的茶叶罐我是不是买过——我是说他会很快地切入主题，即他新进的货品。我关于锡器知道的一点皮毛大半是从他这儿来的。比如雪兰莪，那是大马皇家锡器，或许是世界上叫得最响的锡器品牌，言不二价，在机场、在专卖店、在它的总部，都一样。当然啦，他这里可以有折扣，照他的话说，别处你拿不到的。他会一款一款地向我介绍，问啤酒杯、茶叶罐，他会把几乎所有的款式都拿出来，细陈利弊，特别点的还会说出是哪里的设计师设计。

还有雪兰莪与其他品牌的比较，说到前者，他神情不由地就有几分矜持。但你不会有压力，那里面没有对你购买力的怀疑，只是经营这品牌的一点儿傲娇而已。他的热情也绝不过分，我偶或逛店，对营业员欺上身来的推销热情最是畏惧，来他这里我则从无心理障碍。我跟他说，这次没打算买什么，锡器现在太贵了，熟人熟地方，进来看看而已。他便从柜台里出来领我在店里转了一圈。其实比一间便利店也大不了多少，我发现格局一点儿没变，甚至货品摆放的位置也一如既往。

从那里出来，往前走不几步，我熟悉的一家更小的店，也还在。槟城乔治市华人盖的房子大多是两层楼，密密匝匝挨挤着，门面很窄，越显出很深的进深。这一家一边是柜台，一边贴墙摆着几只玻璃的陈列柜，夹出中间一条道，令店堂更像走廊了。也是刚开门，一个老太太在这里那里地拾掇。我应该也见过的，但打交道的都是一位曾姓的老伯，因他解释"曾"是"曾国藩的曾"，又问过我"文革"时曾国藩是不是被当成坏人，所以还记得。

我说明来意，问曾老板在不在，老太太便拿张凳子让我坐到柜台前，回说在的，正冲凉呢，听到从店堂尽头一扇用夹板做成的极简陋的门里传来"哗哗"的水声。用闽南话朝里喊了一句，得了回音之后，她便不管我了。过一会儿曾老板赤着膊出来。认出这位故人一点儿不费力，头次来时他好像是六十多岁，现在该有七十好几，却真是一点儿没变，头发乌黑，缺的牙是早已掉了的。他很快也认出我来，连说现在锡器价格暴涨，我过去在他这儿买得太划算了。边寒暄边往身上套一件汗衫。我于是主动地想起此前在这里买东西的情形。与前面那家以卖雪兰莪而高端的店铺不同，他这里都是当地品牌，"……便宜啊！"

他说。

过程都是一样的：挑好了要买的物件之后，他会给我看一个小本子，上面细细记着账，指点我看某件某件，是什么价卖出，又让看标价，而后拿过计算器一阵算，想一想，就递到我面前，说："给你这个价，别家你买不到这么便宜的……老朋友了，优惠你的啦。"我闹不清他究竟便宜了我多少，也许他的话是有水分的，老朋友云云，当然也是热络话，但与过去在上海街头不相干的人喊你朋友套近乎是两种感觉。我和他仍是生意人和顾客的关系，不过做生意的殷勤热络之外，仿佛另有一份亲切随意，有那么点儿邻里街坊的意思。

我以为这房子就是他自己的，其实不是，是租的，从开始到现在，租了好几十年了。起先是他父亲开店，卖香烟，自制的，用一种叶子一根一根卷，小店同时兼着作坊。我以为是雪茄，不是，就是卷烟，那些蹬三轮或干其他体力活儿的人，买不起烟厂出的整包的烟，买他的，一分钱一支，一角钱可买十一支。那是日本人败了之后不久的事，后来转而卖鞋子，主要经营白色的球鞋，那是中小学生校服的一部分。皮鞋之类是不卖的，因进货要更多的钱。在他哥哥手上，开始卖锡器礼品之类了，后来他接手，一直到现在。这条街上，有好多小店铺都是这样，卖

故人　179

的货可能有变化，店主还是原来的店主，店面也未见扩大。

算起来槟城的一家寻常小店，要比南京绝大多数商店都要有年头。听上去有点不可思议：中国城市变化之大，让人不可思议；这里的几十年如一日，同样让人觉得不可思议。并不是一成不变的，曾老板这间店，不也从卖烟卷到卖鞋再进而为卖锡器礼品了吗？但与中国三十年来天翻地覆的变化相比，几乎可以忽略不计。我问，这几年租金要大涨了吧？他说老租户嘛，只涨一点点，新租户开价就高了去了。隔壁正在翻修，那是大幅提高租金的前奏，哪一天这里也装修，也许他就租不起了。

我原是没打算买东西的，忽想起回国在即，还有些马币留着作甚，遂买了几样小东西。曾老板如过去一样对着进货单算了一番，把计算器递到我面前。而后进到那扇小门里去，窸窸窣窣一阵响，抱出些大小不一的盒子来，显然已是很久的存货了，盒子对不上号，有些盒子留着受潮的洇痕，他戴上老花镜对了半天，该垫的垫，该扎的扎，很仔细地包扎好，交到我手中。告辞时他问，下一次什么时候来槟城？我说，也许四年后吧。

出了小店，拐上左近的天桥，路灯忽地亮了，看看熟悉的街景，那几间正在翻修的房子露出房梁，有点触目。

忽然想到该向他要他家里的电话，几年前他给过我名片，早已不知去向，四年过后，没准儿小店就不在了。到时候没准儿真会想再和他闲聊，未必有什么特定的内容，但闲聊几句，总让我对这地方有更多不隔的感觉——只是一念之动，虽说并未走远，几步之遥，我并未当真返回去。

不在是很可能的，既然乔治市已是世界文化遗产，这里又是乔治市的中心地带。据说市政当局已经有改造旧城的规划了。不过也难说，申遗成功是二〇〇八年的事，到现在九年过去了，似乎也没什么动静。旧城房屋都是私产，房主要是按兵不动，当局也没招。大约这就是槟城的节奏吧？我们已经感到陌生的另外一种节奏、另外一种生活方式。

所以，四年过后，也许真的，那家小店还在那里。

怀金磊

不知不觉间,金磊已走了快要一年。几次想写下点什么,最后还是搁笔,因为想起的事太多,还因为从那时到现在,金磊已经不在这个事实,我一直觉得不大真实。

"天地不仁,以万物为刍狗",我想最大的"不仁",就是它让生命产生,又不由分说地让其结束。每天都有生命在消逝,经历多了,大概也唯有麻木。只有亲近者的离去,让人意识到死亡的存在。我认识或接近的人当中,离开人世的已经颇有一些,有年长的,有年轻的,也曾有过恍惚之感,但都不像金磊之死,不真实感仿佛一直在持续。我想,这不仅是因为我和他们夫妇走得近,更因她是那样生动的一个人。

即使在最后那段时间,金磊眼见得已是日甚一日地枯槁下去,我仍不能将死亡和她联系到一起。不止一次问过杨志麟,他每日医院相守,在金磊面前还算平静,但精神上实已在崩溃的边缘,从他那里得到的信息是事情不可想象的严重：不会有救了；拖不过两个月了；拖不过一个月了……仿佛死亡在倒计时。当时听了，总是心里一沉，分明意识到这是可能的，但只要离开了病房，或者，不和杨志麟在一处，便又回到不信的状态。金磊平日谈笑风生的样子过于鲜明，足以让我对病榻上的她视而不见。我甚至违反她的意志，常到医院去探视，这时她已经没有力气阻止。较亲密的朋友大多不再出现，因为知道她好强的性格，也因为不忍面对这样一个咳喘不已、精神委顿的金磊。

我从自己觉察到人的意识的不可思议，几乎是同时地，我会意识到事情的不可逆转，又始终不相信真正存在一个终点。因为后者，即使在与金磊已经不能交一语的时候，好像心里的某个角落仍能保持一份奇异的轻松：我不是去见证她的生命怎样一点点消逝，正相反，我去见证这一幕成为过去，而在她痊愈之后，她会如何比他人更兴奋地说起她大难不死的历险记，比如，她会抢过杨志麟的话头，添油加醋地描述她当时的"惨状"。

要说这只能寄希望于奇迹，那奇迹在她身上发生也不是第一次。虽然不知详情，我知道她确是在生死线上走过一遭的。倒是七年前第一次听说她得了肺纤维化的病，且知道这病是不治之症，只能活五年时，我的震惊，比这一次似乎更强烈。透露这信息的朋友叮嘱切不可当她面提起，她不愿别人知道。其实根本无须这样的提醒，因为在提供安慰方面一向低能，极不自信，除了装作事情根本没有发生，我不知道还应该做什么。我也不知怎样去面对一个已然确定了生命终点的人，尤其当这人是熟识的朋友的时候。小时候，五年在意识中可以是一段相当漫长的时日，然人到中年之后，我觉得可以过得飞快，甚至快到如同一瞬。

她的病何时不再成为禁忌的话题，我已回想不起来，总之是她自己先说起，而到那时，周围的人差不多已忘了医学对她的宣判，至少我是如此。金磊戏称自己是"人来疯"，但凡朋友相聚的场合，她总是谈笑风生，神采飞扬，那样的时候，她肯定忘了自己是个病人（并且照医生的说法，已是病入膏肓），疾病似乎也把她给忘了。即使其时感觉不大好，她也会很快兴奋起来，进入属于金磊的状态。既然一向多病，一直在与病为伍与病周旋，也就习焉不察，仿佛把病养"家"了。她的好心情给朋友制造了太多的假象，我怀疑她自己也被瞒过。只有杨志麟，一直加意提防，绷着的弦似乎一直就没松过。在他们家闲聊极易忘记时间，这大概不是我一个人的经验，每到一定的时间，杨志麟就开始不安于席，我看看钟，马上意识到该撤了，起身要走，金磊多半正在兴头上，便说没事。遂又接着聊。杨志麟不好违她的意，也还参与谈话，但不知何时起就一直站着说话，——当然是一种无声的暗示和催促。

但是在这上面若是能够适可而止，金磊也不成其为金磊了。回想和金磊夫妇的交往，除了聊天，就不大能想起其他的内容，在他们家聊，在其他朋友家聊，此外有一些饭局，也还是聊天。认识他们夫妇俩大概是一九八七年的事，要去成都开会，想绕道九寨沟一游，到处打探知道行情的人，结果是徐乃建把我领到他们家里。金磊拿出几本相册，兴奋地说起游九寨沟的种种，并且立马为我设计出几套方案，主意之多之快，语气之斩截利落，不由你不从。那时起我就发现，与朋友在一起，金磊的存在总是格外分明。当然她去过九寨沟，有发言权，但杨志麟和她一起，也去的呀？杨志麟并非沉默寡言之辈，只是往往说不几句，话题就被她接管，这是因她容易兴奋，也更来得情绪高涨。

金磊的兴奋是极有感染力的那一种。这兴奋有种种表现，其突出的表征即是快：动作快，语速快，反应快，心思更快。我所认识的人当中，以反应敏捷、富于急智而论，金磊肯定要排在前几位。她的急智需要刺激，越有刺激便越发来得快,朋友间的高谈阔论于她乃是一个适宜的场。她是个极善临场发挥的人,虽然这场不是考场,考试她未必就是高手。可以想见,她在单位里亦必是快人快语,干起事来杀伐决断,我好像确也见过一两回她做电视节目,有一回恰是到我所在的学校做一档《学子心态录》,播出前她打电话来命令要看,届时看了,说实话,远不及她的聊天精彩。此无他,电视节目是命题作文,某种意义上说,也是应试,她控制不了,此外她的急智也要求更直接的刺激。她最有把握控制的是她的客厅,这才是真正属于她的天地。异时异地,再加健康不是那么糟糕,金磊会是一个绝佳的沙龙女主人。

旧时的沙龙女主人都是贵妇,侍者仆人一大堆,忙前忙后,女主人心无旁骛,专事接谈。现在自然没有这一套了,都得自己操持。这就有两种情况,一种是主人在大操大办,座上客一边谈着,一边看那边忙得不可开交,久久不能入位或是不住地离席,有点不好意思。一种是主人只顾说话,大家没吃没喝,真正的"清谈"。至于女主人悄没声息地张罗,隐去或出现大家都不大意识到她的存在,那又是一种情形。金磊从来都是两不误,有朋友来必是有吃有喝,而且多半还会弄出点不常吃喝的玩意。家住北祖师庵的那段时间,还常在家里宴客,一弄就是一大桌,相当丰盛,却并不见她怎么忙,谈话更是绝不会耽误,——要是耽误了,她也不干。当然会有短暂的时刻,离了座去下厨,但烈火烹油炒菜声大作时她的耳朵似乎也支着,不时会从那边传来高声的插话,手执锅铲冲过来说两句又迅速回到大厨"岗位"的时候也不是没有。总之从头到尾,她要保持也有本事保持始终"在场"。

此所以我有事没事常爱往他们家跑,有时是几个朋友约好了去,有时独自一个。特别是她还未诊断出大病,住在北祖师庵的那几年,去那里闲聊,于我竟是个不大不小的诱惑。和他们夫妇俩一来二去,也不知怎么就熟了。人往成熟里走,交往的冲动和可能都是递减的状态,我在大学毕业后,好像就没有多少可以倾谈的新朋友,像他们这样的,更是寥寥无几。

到他们家,吃喝当然是次要的,锦上添花而已,而且对我而言,要说"喝",他们那儿还缺一样,便是酒。杨志麟差不多滴酒不沾,金磊原是爱喝一点的,身体原因,后来基本不喝了,这当然让人意下未足;不过有她在,这一点可以忽略不计,她的话锋足可替代酒的刺激。关键还是金磊的善谈。善谈不是话多,话多的人多的是,真正善谈的人则不多见。金磊的话不少,兴奋起来还要抢着说,有时候近于抢白,比如有人正描述一件趣事,她觉着味道

怀金磊 187

出不来，便会心急火燎止住别人，让听她说，遭抢白最多的，当然是杨志麟。而倘若有打趣人的机会，她断断不肯放过，遇有论辩时，她则又总是显得咄咄逼人，如此这般，不了解的人闹误会、受不了，恐怕也在所难免。

但金磊从来不会有恶意，此其一，第二是，她骨子里一点也不自我中心。见于聊天，便是她自己固然能说会道，却并非自说自话，她也善于倾听——真正善谈的人，必也是善于倾听的人。有时候，能让对方相信你真懂他的意思，绝对是一门艺术，金磊就有本事做到这一点。所以她可以许多人逗能斗嘴、"机锋迭出"式地聊，也可以两三人"沁人心脾"式地聊。两种情况也会同时出现，那就聊得特别畅快，这只有一个坏处，即她和聊天的人都会变得特别没数，聊到夜里一两点钟毫无倦意是常有的事。我还清楚地记得，有天晚上在他们那里聊了个通宵，第二天早上吃了早饭才走人。金磊一向多病，类似的长聊即使在查出肺纤维化之前，于她的健康也大大不宜，每想及此，总有歉疚之意。

长聊的次数多，谈过些什么都模糊不清了，反正宇宙之大，苍蝇之微，她都有兴趣，雅的如文学艺术，俗的如吃吃喝喝，都说得津津有味。但我以为，她最感兴趣的还是人，不拘谈书、绘画还是音乐，最后都会到人那儿去。

人和作品在她那里总是连作一气的，她也不大愿意将其分而论之。臧否人物应该说是她谈话的一大兴奋点，不管对象是大人物，还是身边的人，她的说长道短常能一语破的，而且大多是脱口而出，这一半是因为没有忌讳，一半因为她对自己的识人之能有一份自矜。

这不是说金磊不能纯粹地欣赏。正相反，金磊对文学、绘画、音乐领悟力极高，且喜做即兴的判断——仍是富于急智的，急智的后面是活泼的直觉，她所恃者多半不是专门知识的积累，她大约不能算是个用功的人，虽说有一阵她参与编一部字典，事至烦琐枯燥，她之认真投入不让他人；不过这并非常态，因此她的聪明还是更多地挥洒在即兴的谈话之中。

金磊从不惮于发表个人观点，即使是在我看来有点专门的问题。我自己可能是在学校待的时间长了，多少有点专家崇拜，本行之外，出语就比较谨慎。这时听金磊破门而入的议论，反有一种痛快。单是胆子大，只能让自己痛快；要让听者也痛快，还得说得准，金磊就时有一语破的的时候。杨志麟是搞设计的，她大概经常参与意见，至少有一些，杨志麟似乎很是服气。

杨志麟服金磊的肯定不止这一点。话说回来，我以为金磊也服杨志麟，虽然嘴上从来不饶人。周围的人都说他们二人是令人称羡的一对，我以为二人的和谐很大一部分应归因于相互之间的服气，而且相互欣赏。夫妻之间的相互欣赏，倘发生在两个自我感觉过于良好的人身上，会让人不自在，又有带表演性质的，更叫人起鸡皮疙瘩。他们不是。有次杨志麟说起他做过的一个梦，细节记不清了，尽管他的描述很详尽。我记得的是梦的关键：梦中有一女子，与金磊极似极似，奇的是做这梦是他认识金磊以前。这梦当然是早就向金磊说过的，若是出自另一人之口，我大约就会受不了：其一，我自己生活里没碰到过什么不可解的事，对神秘通常也缺少应有的敬畏；其二，我通常也不习惯谈论或是聆听这样"浪漫"的话题。但我听了一点没觉着不自在，因为他毫无"浪漫"之意，说得一点不矫情，相反，郑重而严肃，严肃到坐在一边的金磊居然难得地没有来上一通打趣。

有很长一段时间，因为金磊伶牙俐齿的，又极要强，我以为他们两人关系中金磊过于强势，甚至觉得与金磊在一起，杨志麟对事业的专注程度多少受到妨害。到现在我也不认为自己的推断没有一点真实性，但接触的时间越长，越意识到这里面的似是而非。金磊的飞扬跋扈其实是要杨志麟托着，也要他压着的，而他也压得住。越到后来，我就越难想象离开了杨志麟的金磊。此外，杨志麟身上其实也有极随性的一面，所谓"事业"云云，对他未必就是最重要的。金磊遇到杨志麟，固然是她的幸事，最后几个月杨志麟暇不暖席的侍奉是朋友之间说起来都敬服的，而这么多年金磊所得，远不止专情这一项。反过来，杨志麟遇到金磊，也是他的幸事。

金磊以医院为家之前，我和他们的交往较过去多了一点"务实"的意味，因为我要买他们不得已准备出手的房子。这房子原先有人已与他们有了大致的说法，一听我有这意思，他们马上另做道理，过不多时金磊就打电话来，除了保证我们的绝对优先之外，一二三四摆出她的分析，即这房子对我们的宜与不宜，让我们慎重考虑。再后来，已成定案了，我们到她家里去，她又具体指陈一些不惬人意处，并且立马就出谋划策，这里当如何摆放钢琴，那里当如何改造，总之是她救人须救彻，帮忙帮到底的一贯作风。这让我想到几年前有过的惶恐。其时金磊读了我写的一篇文章，是写一个朋友的，就交友之道还发了几句议论，大意是对君子之交淡如水的境界的欣赏吧。有次见了面金磊就说，你倒是要让我回过头来想想了。言下大有自我反省之意，大约是觉得过去对朋友之事大包大揽，有些过头了。话没说下去，她说时也是半玩笑的口吻，不过我知道里面是有几分认真的。唯其如此，我才觉得惶恐，我说的是两码事，再料不到她会牵连到自己身上去。事实上我和很多朋友一样，欣赏而且不止于欣赏的，恰恰包括了她对朋友的热心。没有这一点，就像少了她的快人快语、她的急智一样，金磊也就不成其为金磊。事实上脾性是改不了的，即使急人之难反触了霉头，她自怨几句过后，也还是会这样。

真正的朋友之间，实际上是说不上予与取的，不过我还是要说，周围的人从她那儿得到的，恐怕要多一些。她在医院里已经病情很重了，还常想着如何赶快把房子腾出来交到我手上，要说我去探视偶或也会有点犹豫的话，最怕的就是说不几句，她又提起这话头。性格要强的人就是如此，对金磊而言，帮人的忙要比受人的好更有快感，她不能允许自己欠别人点什么，即使是对关系很近的人。她要强的性格也不独见于此，对于疾病，她也仍是要强，还可说较多的话的时候，她常就自己分析得头头是道，据说治疗方案都是要通过她的，什么也瞒不了她，她不能允许背着她进行，即使病到那样，仍然有强烈的掌控意识。只是这一回，她终于没能强得过她的命。

我现在住在他们原先的房子里，原先的装修格局基本上没动。当初他们问我看中这房子的理由，听我说一通，杨志麟就笑道，你这哪是买房子，简直就是买装修嘛。——差不多也真是如此，有点当作作品的意思。也正因为这样，住在里面，就更容易想到金磊，睹物思人，她这个人更是生动，我因此也更易产生一种恍惚之感，下意识里总觉着，说不定什么时候电话铃响，拿起听筒即听到金磊的声音："上来看看你们把我家搞成什么样了。"而后和杨志麟当真就上来了。照例是金磊头里走着四处打量，杨志麟会说，不错，蛮好的。金磊的评断则语气是更权威的，看到某处不如她所想了，便道："你们怎么把我家搞成这个样子了？"——这是根本不可能的，即使金磊还活着，她也不会爬上六楼了，正因咳喘到爬不动六楼，他们才会去买一楼的房子。然我还是不免要做此想。活在什么心中的话头早因滥用而成恶俗了，不过要说逝者依然活着，那也只能活在生者的意识里。不同的逝者，如果值得忆念的话，会以不同的形象活着。对于我，金磊就是这样活着，有声音、有表情，具体、生动。——这话要说虚幻，自然是虚幻；要说真实——也很真实。

二〇〇八年一月十四日于南艺黄瓜园6幢603室

杨苡先生的客厅

北京西路二号新村，是南京大学的一处宿舍区，有大大小小几十栋楼。其"滥觞"是几栋二十世纪六十年代建的三层楼房，"二号新村"之"新"就是由此而来。后来范围扩大，陆续有新楼盖起，特别是一批八十年代六层的住宅，定下了现今二号新村的格局，几栋三层楼房已偏于一隅，蜷缩在院子深处。

杨苡先生就住在其中号为"甲楼"的那栋的一楼。按后来单位分房时的说法，应归为两室半的中套，七十来平方米。一九六五年入住至今，再没挪过地方。到现在杨先生说起当年选房时自己的眼光，还有几分得意，说这房子质量好，地基打得深，冬暖夏凉。

一个多世纪以前在天津，杨家风光显赫，即使身为中国银行行长的父亲去世以后，杨家住的也是租界里的深宅大院、花园洋房。甲楼一小小单元房，相去不可以道里计。杨先生聊起往事，可以将天津旧居的种种细节一一道来，语气里却无半点今不如昔之感。

她好像从未将她不大的单元房看作"陋室"或"蜗居"之类,虽然九十年代以降,高校教师的居住条件也大大改善,相形之下,她的住所已显得狭小而老旧。旧虽旧,杨先生的家绝对不会像通常老人的住处那样,给人缺少生气的感觉。小院里总是花木扶疏,房间里则家具、各种小玩意儿不时重新摆放。重新组合、分类最频繁的是书,不定何时有了新主意,杨先生就会指挥保姆小陈搬进搬出、搬上搬下排列一番。这是外人不易觉察的,杨先生自会兴致勃勃地提起,且告诉你如此归类的理由。这就像把一些老歌请人录在一起听,又或聚起了满橱各种材质的玩偶、娃娃一样,到老太太嘴里,都是"好玩哎",她经常给一个解释是:"这是我的一种玩法。"

我所谓"杨苡先生的客厅",是通向小院的一间,也就十三四平方米,几个书橱加上写字台、沙发,剩不下多少转圈之地。墙上的字画而外,吸引注意力的是四处摆放的照片,先人的、家人的、朋友的、师长的,过去的、现在的。有的是"长设"的,有的则"应时"变换。不论如何摆放,巴金和杨宪益的像总是出现在最突出的位置上。巴金是她的人生导师,从十七岁写信诉说人生苦闷开始,她与"李先生"亦师亦友的关系持续了大半个世纪。

杨苡先生的客厅　195

杨宪益则不仅是兄长,也是她最崇拜的人。说起杨宪益,她总是很确定地用上"崇拜"一词:"我就是崇拜我哥!"

那些老照片里的人有好多都已不在世了,摆放却不是供着,杨先生与之朝夕晤对,就仿佛故人还在周围。在杨先生家做客,最有意思的一件事情就是看老照片,几乎照片上的每个人,都会引出一个周周折折的故事。有时谈着往事,杨先生会忽地起身到照片前面去指认,这就是他(她)哎。老人都喜欢谈往事,唯杨先生说起来没多少伤感,倒是"好玩"得紧,仿佛那些人与事不是过去时,而是现在时。有她在内的照片,穿越了好几个时代,从孩提时代,到中学毕业照,到身为主妇,到儿孙绕膝的老年,当然有"岁月"流过,奇异的是不"沧桑",就像房间里老旧的家具,不加粉饰的墙面和裸露的水泥地不会让你觉得寒碜一样。

其实衬着兴盛的商品房、层出不穷的新兴小区,二号新村里后建的典型的八十年代多层住宅也像是上了年纪的光景,"新村"之"新"已然无从说起。其居民多为老年的教职工,年轻的大都搬到学校新建的宿舍区,七老八十者株守此地,图的是位置在市中心而能闹中取静,交通、就医方便。院里比别处更有一种静谧,一天中有几个时段,最常见的景象就是老年人相携在缓缓散步,其中不乏拄着拐的。据说九十岁以上的，能数出六七位，这里面年龄最大的，我想就是杨先生了吧。

杨先生并不是南大的人，住在这院里，她的身份是赵瑞蕻先生的"家属"。杨先生常说起对家庭的看重，一九五三年高教部外派赵先生和她去东德教书，一家人已打点行装到了北京，听说孩子不能带去，她便拒绝了。孩子是最重要的，这差不多是绝对命令。杨先生说这是家教，从母亲那儿来的。不仅如此，赵先生在世的时候也是优先的，客厅里唯一的写字台就属于他。很难把"相夫教子"与《呼啸山庄》的译者联系起来，但杨先生总是笑说起她在家中的从属地位，以及她与赵先生的"志同道不合"。

当然，杨先生并非"家庭妇女"，倒不仅仅是从言谈举止一望而知——事实上从大学毕业到退休之前，她一直是工作的，而且大部分时间有单位。把"工作"和"单位"分而论之大有必要：二十世纪五十年代初，杨先生的履历表里填的是"自由翻译工作者"，她不知道照新社会身份的分类，根本没有这一说。她以为给自己的身份定位是"写实"的，因为那几年她不上班，待在家里译书。不过她不上班的"自由"很快受到干扰，文联（杨先生当时加入了南京市文联）的小会上有人对她"不出来工作"表示不解,杨先生信奉的"孩子第一,四岁以前必须自己带"不被认为是一个理由,在仍应算是和风细雨式的"帮助"中,倒被归为"个人主义""自由主义"思想。

杨先生后来就被"帮助"到单位去了。她在水利学校教过中文,到文联下属的《雨花》杂志当过特约编辑,最后一站是南师大外文系。一九八〇年她就不干了,不是系里让退,是她自己辞职的。她的许多朋友同事都不明白她何以那么迫不及待:等定了职称再辞嘛。在高校,职称属"兹事体大"到近乎"唯此为大"的,而退休即令不是形同被单位抛弃,也是很让人失落的事,故还有"提退"一说,即以提职称为条件换得下岗。杨先生什么都不要,自己走人,想必给单位领导省了不少"做工作"的工夫,何况她不是退休,是主动辞职。

尽管杨先生是西南联大出身,在高校工作多年,资格不可谓不老,却一直没职称,身份是很含混的"教员",听上去似乎比讲师更等而下之。以她的资历和作为《呼啸山庄》译者的名声,很多不知情者都想当然以为她必是教授,往往以教授相称。杨先生有机会就要声明她是"教员",大有"以正视听"的味道。有次文联给她颁奖,领导介绍时说她是教授,轮到杨先生发表获奖感言,她头一句话就是"我不是教授,我是教员",弄得领导很尴尬。自然,很多人为杨先生抱不平,同时以为她那样的纠正隐然有不忿之意,甚至将她的辞职与对待遇的不满挂起钩来。但杨先生提起"教员"总是很平静,只在于澄清误会,听不出什么怨愤的情绪。至于退休事,她似乎是求之不得的——对她而言,那是对"单位"成功的逃离。她主动辞职,最大的动因就是和"单位"拜拜。此处单位二字加上引号,盖因杨先生不是对某个具体的单位有特别的不满,而是凡属"单位"者,就让她觉得有隔膜。

这和她的经历有关,她在"单位"里从来就是被批判、甄别的对象,最宽松时也是被"帮助""争取"的对象,在咖啡馆里喝着咖啡改作业被撞见也被举为"资产阶级思想"的证据,深文周纳寻绎她诗里的反动因子。她在"单位"几十年,舒心工作的时间没多少,被批、"靠边"的时候倒居多。是故在杨先生那里,"单位"是和一连串的不快以至屈辱绑定的,宁可敬而远之。

当然,这也和她的性格有关。即使没有一波又一波的政治运动,杨先生对"单位"也是不"感冒"的,因"单位"之于她,都意味着拘束、限制。杨家三兄妹曾戏以"博爱、平等、自由"彼此定义,谓哥哥杨宪益得"博爱",姐姐杨敏如追求的是"平等",杨先生则要的是

"自由"。这"自由"没什么抽象的,简单地解作个人的"自由自在"也没什么不可以。她十八岁离开日本人占领下的天津中那个让她苦闷的家,只身到昆明入西南联大读书,希望自由自在地说话,随意地安排生活,争的要的也是自由。

在"单位"里,杨先生仿佛动辄得咎,不独是后来,一九四八年她在国立编译馆干了一年,就因议论国民党的"戡乱"加上对上司的不敬被解聘了,其后到中英文化协会,更是干了一个月就走人。

不惯"单位"的人当中,有不少是不善与人相处,或人缘不佳的,这两项皆与杨先生无关。她是很愿意与人交流的,人缘我想亦必是不差,否则就没法解释她的客厅里何以总是那么热闹。她的动辄得咎,多半是祸从口出。不能把杨先生归为对政治感兴趣的人,"懂"就更说不上。杨先生当然有自己的立场,而且喜欢对人与事"随便"发发议论。在过去不可"随便"的年月,这一"随便",事就来了。即使不干政治,对周围人事的议论也会有后果的,弄不好就得罪了什么人。

既然杨先生并不反感与他人的交流,且喜欢轻松随意的往还,她的客厅便成了她最自在的地方,与朋友、熟人聊天无疑是她生活中一个重要的组成部分。我猜想杨先生过去一定是喜欢串门的，只是年事已高，且久已不便出行，就有来无往，都是登门拜访的人了。杨先生的客厅于是也便越发地热闹。

我想我可以肯定地说，在二号新村，杨先生家的访客最多，她的客厅是整个大院里最热闹的地方。其他人不拘"陋室"还是"厅"，标举的都是"谈笑有鸿儒，往来无白丁"之类，杨先生这里没那么"雅"，似乎"三教九流""各色人等"都有：采访的记者、邀稿的编辑、亲朋故旧（包括他们的后人）、串门邻居、慕名而来的不速之客。年龄跨度大，少长咸集，少者二十许，长者八十往上。

杨先生并非来者不拒，比如对媒体，就是有戒心的，因为不止一次，她发现登出来的文章或添油加醋，或张冠李戴，或用些花团锦簇不着调让人哭笑不得的句子，总之看了添堵。最让她畏惧的是那种"胸有成竹"的采访：来者早有预案，扔出一连串问题，仿佛就等着你"填空"，而后找个标签，比如谈身世，来个"贵族"往上一贴，就算齐活。杨先生早年即养成很好的教养，很少让人下不来台，心里则未尝不气恼：我出生时父亲就不在了，杨家走的是下坡路，哪来什么贵族？！我们兄妹都是要摆脱旧家庭的，贵族贵族的，羡慕得不得了似的，贵族又时髦了吗？最后则以"太可怕了！"或"可怕极了！"做结，这是杨先生口中出现频率颇高的短语，用以表示对某些人与事的厌烦。

　　杨先生喜欢说往事，有时却又很烦被问这问那，这似乎有点矛盾。其实不然。不待你发问，她也会说起天津那个家里生活的种种、在中西女塾的日子、西南联大师友们的情谊，等等。这些都是在她脑子里盘桓不去的，越到后来，画面越是鲜明生动，而且总是伴随着缤纷的细节。听她娓娓道来，真是如在眼前。同样的往事，对有所图而问上门来的，比如奔着"贵族"让谈"家世"，她有时就搪塞敷衍，甚或说些不爱听的，以她的方式把人家顶回去。简单地说，杨先生乐于分享她的记忆，却不高兴被拿去做谈资，更不喜弄到媒体上被消费，那就不再是她的记忆，变了味了。

　　是故杨先生最感自在的是聊天，若以聊天的节奏谈回忆，她就特有兴致。聊的内容也不单是怀旧。像她这样岁数的老人，多半都是唱独角戏，因为对外间事、他人事再无好奇心，她却不。她说，也听人说。话题从国家大事、时政要闻、热播电视剧到里巷琐闻、各种八卦。她的访客常惊讶她有这么好的记性，也惊讶她知道那么多正在发生的事。不上网，不用微信，她的信息除了得自电视、报纸之外，一个重要来源即是客厅里源源不断的访客。既然她的访客为"三教九流"，且什么年龄的都有，她又时或好奇发问，她便很能跟上趟，一些时兴的说法也会从她口中蹦出来。比如不久前她说起有人弄错了什么事，连带她也被埋怨，便笑道："我这不是'躺着中枪'吗？"

足不出户而所知甚多，杨先生自己有时也不无得意。"世界是你们的，也是我们的"，拿年龄说事儿，老年人有此感慨，顺理成章。杨先生常说到同辈甚至年轻一辈的谁谁不在了，也说到自己时日无多，但你分明感到，她仍在饶有兴致地参与"现在"——只要觉得仍然有"好玩"的人与事，她跟这个世界就不隔。而杨先生觉得"好玩"者，委实不少。前几天她还打电话过来，只为提醒我电视上正在播一场音乐会。"好听！"她告诉我是哪个频道，之后就匆匆把电话挂了。

当然，能够"不隔"，好奇心之外，"物质"基础是杨先生的耳聪目明。几年前不慎跌跤骨折后，杨先生的活动半径就在不断缩小，最后当真是"足不出户"了，但是她的反应一如既往。杨先生一向语速快、动作快、反应快，就是因为动作太快才有那一跤，因此也就"收敛"了。除了这一项，说话、反应还是快。电话里绝对听不出她年事已高，客厅里众声喧哗之际，她则有"耳听八方"

之能。比如正跟坐得近的人聊着什么，那头有人在谈论她感兴趣的某个话题，她会忽然停了话头，加入那边插言几句，或是发问。眼见就过百岁的老人，有此反应，不由人不称奇。而谈兴正浓之际，杨先生可以坐在那里聊好几个小时，一无倦容。

这当然是杨先生感到自在的时刻，但她的客厅总是那样热闹，必是来访者也觉自在，才会有事没事往她这儿跑，大事小事跟她聊。去的次数多了，我遇到过各种各样的人，发现来的人各有各的因由，凡不是带有任务者（比如采访），到这儿都特别放松。杨先生自有她的礼数，来客必有清茶一杯，聊得时间长了，会让保姆端上点心，赶上饭点，则又有馄饨、炸酱面什么的端上来。但是这一切又很随意，来人不会感到拘束，因为很快会进入某种类于闲话家常的节奏。无须打点精神，常登门者更如同串门一般，来了便来了，要去便去了，哪怕坐不多会儿，吃了碗馄饨告退，也无半点心理负担。很长时间不见面的熟人，没准儿在这里撞上了，素不相识的人，没准儿在这里成了朋友。有的时候，这里甚至成了临时中转站，书籍之类要交给某人便搁下，因别处一年半载遇不到，在杨先生这儿隔段时间必会出现。

杨先生无权无势，登门者没什么可图的，若说终有所图，那所图也就是一份自在闲情了。这年头人人在打拼，自觉不自觉，都上足了发条似的往前奔。有人处便有攀比，即使退了休，也还跟人较着劲儿。到杨先生这儿，一切都见得多余了，你若是"人比人气死人"，跟杨先生一比，足可自慰，因她一辈子也就是个教员嘛。

以世俗的眼光看，杨先生一生走的大约是下坡路，唯她自己一点不觉。有次单位里来电话，告诉她要发慰问金，她听岔了，以为是补助之类，赶紧声明不缺钱。"我活得好好的呀"，这样的话我听过好多回了。倒是偶得稿费，杨先生有意外之喜，立马盘算着怎么花掉。出了新书，她常又告诉出版社，不用给稿费，要书，而后就详列名单，题了字送出一大批。这都是让她觉得"好玩"的。

杨先生最近跟我说起的一桩"好玩"事与保姆小陈有关。小陈住在杨先生家，照顾老太太的起居好几年了。因杨先生大体上都是自理，小陈的活并不多。二号新村老人云集，钟点工供不应求，于是院里便有不止一家找到她，请她空闲时去帮忙。商之于杨先生，当然是照准。小陈高喉咙大嗓门，大大咧咧，人却是极好的。找个合适的保姆不易，那几家纷纷表示，希望小陈"以后"住到自己家来。小陈回来说给杨先生听，想来是因自己的服务受到肯定，有点兴奋，不无自矜。杨先生听了，当然了然这

"以后"是说她百年之后。许多老人对此是忌讳的,杨先生并不。她经常自己说起,别人岔开,下次她还会说,一如谈家常。复述小陈的故事,淡然之外,她好像还觉得好玩:"都认定了是我头一个走呢,我年纪最大嘛。"说着她自己就笑了。

话说叶兆言

叶兆言在《东方明星》上开了一间"专卖店",陆续"出卖"了他的一些文友,他的"卖单"上恐怕不会有他自己的名字,如果有的话,我们倒是可以放心地等着看一篇妙文,因为要说他很会幽朋友一默的话,那他自己调侃自己却是更拿手的。当然以现在的名气,他已经注定地在各种传媒上被别人以专卖或非专卖的形式"卖"了好多回了,而且是绝对"正面"的形象:先锋派小说家,"新现实主义"的中坚,叶家继往开来的人物,等等,也有较为笼统而更为动人听闻的,比如"江南才子"。这些加在一起,叶兆言之成为"明星"就是顺理成章的了——某一期的《东方明星》上他的彩照就混迹于众多影星、歌星之间,形成一个"丛中笑"的局面。

虽然没有几个追星族会知道叶兆言何许人,登登照片他是绝对有资格的,至于上面人家奉送的几顶冠冕,我们也看不出有太多的离谱之处,但是在他尊卑无序的家里,这一切却落为话柄，他那位伶牙俐齿的千金常要调侃道："了不起，了不起，人家是'江南才子'嘛。"越是当着人面，女儿踩乎老子就越是起劲。每到此时，当老子的除了虚张声势而毫无威慑力的恫吓，剩下的就是无可奈何地摇头。而若是熟人笑以"江南才子"相问，叶兆言多半会赧颜以对，逊谢不遑，——不是自谦而实自负的故作姿态，是真的有几分窘迫，虽然他对他的写作才能相当自信。

事实上叶兆言看似大大咧咧，一副任什么都不在乎的样子，被人弄得脸红不自然的时候却并不鲜见，这正是其可爱处。——甚至他女儿也能把他打趣得不好意思，而一个会让十来岁的女儿逗得脸红的人，必有几分可爱处。

在大街上碰到叶兆言，哪怕一起说上几句话，你也未必知道对面站的是一个颇有名气的作家，更不会以为你是遇见了一位才子。叶兆言是不是才子是另一回事，他身上没有多少才子气却是真的，没有才子的风流倜傥，也没有才子的趾高气扬。他的日常生活不见得有多少艺术气息，倒是柴米油盐的味道颇为浓重。在父母家里帮忙做事，父亲病榻前衣不解带地侍候，同夫人议论某人小孩不成器，某家两口子不般配，每周骑了车送女儿去学琴，买米打油，到街上斩鸭子回来吃稀饭……可说是与常人无异，而且据他太太证实，他家的炒菜都是他做的。他的为人行事也是低姿态的，不大肯说过头话，长辈面前则必是恭恭敬敬。"循规蹈矩"四字用在他身上，倒也没有什么不合适，而他若郑重其事地说起某人是"规矩人"，那绝对是一种肯定的描述。好像是周作人说过，文人，一类是为文放荡，为人不放荡，一类是为文放荡，为人也放荡，还有一类，是为文不放荡，为人放荡。叶兆言为文求变，不肯落入窠臼，不肯重复自己，可称"放荡"，所以将人、文合而观之，他大约是该划入第一类里去了。

与他的生活、为人相一致的是他的模样。一见之下，你会首先用排除法断定他不是大款，不是当官的，不是白领，这是一望而知的，接下去，如果你的选项里剩下的是"工人""小贩""作家"几个答案，你恐怕多半会在工人、小贩之间犹疑不定，——叶兆言的确当过几年工人，而钳工技术达到了几级几级则是他最喜欢吹嘘的事情之一。不能说老天爷待他不公平，叶兆言固然不是生得一表人才、玉树临风，不过浓眉毛、大眼睛、直鼻子，总应算是"中人之姿"，然而他对他的仪表就像对他的应酬功夫一样，向来缺少对他文章那样的自信，并且从不注意。他的头发通常不离一寸之谱，冬天戴帽，取下后头发尽皆倒伏，不成阵势。他嘴上的一圈胡子长势良好，时有蔓延之势，却时常任其自由发展，逆立横生。即使功成名就之后，稿费颇丰了，他日常的主要行头也多是买便宜货或是从地摊上寻来的，考究、入时自然都谈不上，同时也没有艺术家的标新立异。他似乎至今还没有一套像样的西装，至少是从来没有穿过西装，他也没有一双锃亮的皮鞋，假如哪一天有什么正式场合非要让打领带，西装革履，那他必是怎么看自己都不是味，并且多半还要承受巨大的心理压力。平日如此也就罢了，他甚至偏要以这般形象示众，《采红菱》封面上有他的照片，头上捂了一顶老掉牙的罗宋帽，身上裹件色在灰蓝之间的棉袄，两手抄在袖筒里，笑得有几分诡黠，看上去缩头缩脑。认识的人看了道："不像才子，倒有点像《智取威虎山》里的小炉匠。"

当然人不可貌相，以貌取人，不足为训，何况"才子"不在职业、行当，更关乎内在的心智、禀赋呢。但是即以写作而论，叶兆言似乎与通常人们心目中关于才子的概念也相去甚远。所谓才子当是天分极高，纵非生而知之，才思过人，活学活用来得快是一定的。出口成章、下笔千言，要在举重若轻，旁人费十分力，他只消费得一分力，因此又与急智、捷才有更多关联。叶兆言的起点不算高，磨剑十年，方成正果，只能作为学而后知、磨炼成才的典型。他也不能算是捷才，即使成名之后，笔下顺溜了，通常的写作速度也不过每日千余字，比起每天七八千乃至上万字，半个多月便可交出一部长篇的作家，那是差远了。若遇写得不顺，枯坐几个小时止得寥寥数行的时候也是有的，这时候的叶兆言倒是更近于苦吟或是苦写的形象。私下谈到与他齐名的几个作家，他尝赞某某聪明，脑子灵光，某某深刻，有力度，某某怪，有异秉，至于他自己，他则说是书看得多些，写得勤快。此话虽是谦辞，却也基本合乎实情，所以叶兆言的才是别一类型的，若在"才"字下面再分出才、学、识诸项，又以这里的才专指天分，则叶兆言与当今名家相比，出人头地者不在于才，在于学和识，学是学养，五花八门的书看得多，识是见识，对历史人生对为文之道的独到领悟，准此而认，叶兆言可说是功夫型的作家了，虽然功夫可以转化为"才"，甚至本身就是一种"才"。

然而不管叶兆言具有的是哪一类型的才罢，至少在读大学的阶段，他的同窗、老师，包括他周围的熟人，都还没有看出苗头。他之在中文系多少有些知名度，多半还是仰赖"祖荫"。不过这并不足以使老师对他青眼相加，因为他的成绩实在不能给人留下深刻印象，恐怕只能列在中等甚至是中等以下。最有意思的是，他在写作课上竟得了个"及格"，是最低分，而全班五十七人中得此成绩的只有两人。此事对早就立志要吃写作这碗饭的叶兆言极是难堪，或者正是这"耻辱"让他日后发奋练笔也未可知。

与他的成绩相比，叶兆言的不衫不履，吊儿郎当，爱玩善玩无疑能给同学留下更深的印象。逢游玩的场合，他的点子委实不少，而且远比他的课堂讨论发言之类更容易让大家附议。此外，南京的溜冰场刚恢复，他上了一半政治课溜出去溜冰了；三年级，他同人一起骑车子到浙江旅游，半月始归；临毕业，大家都在忙分配，他倒是好整以暇，天天跑到郊外紫霞湖去游泳；甚至复习考试，他亦每每找个景致颇佳的所在，要一杯茶，像是消闲养老，而所谓复习几乎每次都迅即演变为对考试制度相当粗暴的攻击。所有这些加在一起，令诸同学皆将他看成一个"快活人"，他那本录下了不少临别留言的毕业纪念册可以为证。留言，叙友情之外，多半是赞你的才华，或者预言你日后定有不凡造就，前程不可限量。叶兆言的册子上此等内容尽付之阙如，多的是赞他轻松、潇洒、会享受，不拘俗务。最抢眼的如下两句："借问路旁名利客，何如此地学神仙。"这是对他的生活态度或生活艺术大加羡慕且致以向往之诚了。但是七七级、七八级大学生的主旋律是发奋、进取，并非这几年颇为流行的享乐主义，因此那些赞语多少有点像该赞花儿如何美丽的时候，一个劲地颂扬它如何足斤足两够分量，听来也未必有多么悦耳了。

叶兆言无疑有他随便马虎亦即名士派的一面，比如他的不修边幅，多不说正经话。但是如果你以为他是彻头彻尾的乐天派，从里到外皆是轻松，那可是大错特错。他在大学时时做逍遥游是不假，花在读书写作上的时间也绝不少，算起来只会在多数人之上。说他是其他什么什么典型犹可，说他是轻松的享乐主义典型则万万不可。他的满不在乎的姿态时有包裹不住内底里的紧张的危险。

他还真是容易紧张，这一点在读研究生阶段已经暴露无遗。按说他对所谓考试应是看得透的，嘴上也是不当回事，可事到临头，他时而紧张得惶惶不可终日。有一次，考马列基本原理，并非主课，而且是开卷，他的"同年"都记得，考前一天，不住校的叶兆言冒着鹅毛大雪跑到学校，面无人色，大祸临头的样子，说是不知考题怎么做，已然两天吃不好，睡不香了。又有一回，到外地去调研，别人都玩得很开心，唯他忧心忡忡，不时地背单词，担心回去之后的英语考试，虽然后来这门考试他的分数最高。未必他没能力应付，他也不是想拿高分，他是真的以为过不了关。这些地方他是有点像南京人所说的"虚子"，没有必要地惊惊乍乍。他的"虚"也并不随着考试时代的结束而告终。出名之后他写得更勤，有一段时间身体不适，他以为必有大的隐患，查来查去，却并未查出什么名堂，但他还是紧张得不行。外出开笔会，不敢离开房间，说是出去就心慌。更有甚者，有一次在上海盘桓数日，人家给买了软座的返程票，可他突然觉得自己不行了，不能坐，只能躺，最后主人只好又重买了卧铺票，其实上海到南京也不过四五个小时的路。

对付不时会出现的紧张以及引发这紧张的真实的或是他自己吓自己造出来的不利情势，叶兆言并无良方，有的只是不是办法的办法，用他自己的话说就是"躺倒了玩"。千万不要误以为"躺倒了玩"是破釜沉舟、背水一战，破釜沉舟乃英雄举措，叶兆言的小说里没有英雄，他本人身上也殊少英雄气概。"躺倒了玩"不过是"随它去了""就这一堆了"，或者"死猪不怕开水烫"，总之是自暴自弃，破罐子破摔的意思。这当然是"哀兵"的法子，而且是放弃了抵抗的哀兵。

但是有一样是叶兆言从来没有放弃，看来今后也不可能放弃的，那便是对写作的执着。成名之前，他的稿子有多少寄出去，就有多少退回来，屡试不爽，就像他放出去的是飞去来器，积下的退稿何止一抽屉？这样的情形不是一年两年，是好几年，而他仍苦写不辍。如今他已然在文坛上扬名立万，我们固然可以说，挽弓挽强，用兵用长，写作是他的强项，稿费挣得不少，舍此他去干什么？可是写，有追求与否是大不一样的，叶兆言仍在不断地给自己出难题，希望写得更好，再者，如果有什么事可以让他赚来数倍于写作的钱，他也不会改变初衷。当然钱是多多益善，叶兆言在钱上并不清高，对钱并不傲慢，有时看在孔方兄面上，不是十分想写的命题作文也做了。旁人问起，他便岔开道："不谈不谈，骗钱的，骗钱的。"的确是想胡乱写写弄些钱的，可是他的潇洒不彻底，往往写着写着又投入了，当真了，到最后还是写得很累。这就见出随和后面骨子里的认真了。现而今潇洒的人不少，文坛上像他那样对写作孜孜以求的，恐怕不多。

因为写得苦，熟人有时反要说他何必如此，叶兆言一副无奈的样子道："不写难过，就是好。"说得虽是轻松随便，也就有几分宿命的味道。圣人说"未见好德如好色者"，未及其他，叶兆言好写作如好色却是真的，而且还要在好色之上。的确就有人开玩笑说他出名了，可以风流风流了，他打哈哈说精力都用去码字了，半死不活，哪有精神搅风流案子？听其言，观其行，他说的恐怕是实话。

饮食男女，人之大欲，大欲不存，人不是要成机器了么？而叶兆言当真很多次说过，他是"写作机器"。机器是没有感情的东西，有意思的是他近来好几次对人说到

"激情",显然是把"有激情"看作一种好的素质。这个词从他嘴里出来,即或不好说是突兀,多少也让人有些意外,因为似乎与他的为人为文皆联系不起来。激情,至少按通常的理解,不免要奔向高潮或高调,叶兆言则骨子里有反高潮的倾向,而且怎么看也不好归入高调的人,甚至他的进取心也会以防守的方式出现。比如写作上的抱负,我猜想,拿个什么大奖之类,固然也是他心中所愿,不过比起来,他更在意的是能够不停地写下去,有朝一日,写作的冲动全然消失,他必有大难临头的惶恐。倘若"激情"是一种沛然莫之能御的写作冲动,或是一种全情投入的创作状态,那"激情"这种东西他是时或拥有,且希望永远不会弃他而去的。

一九九八年三月